teenに贈る文学

# ばんぱいやのパフェ屋さん

## 雪解けのパフェ

佐々木禎子

ポプラ社

# ばんぱいやのパフェ屋さん

## 雪解けのパフェ

# 序章

秋を追い抜くようにして、突然、冬が来た。

みぞれまじりの雪が降る寒い夜だ。

道路を走る車のタイヤに押しつぶされて、氷みたいな粗い粒の雪が、じゃりじゃりと音を鳴らしている。

けれど積雪にはまだ少し早い。

きっと昼には、道ばたの雪は溶けてなくなっている。

北海道札幌《さっぽろ》市、十一月の終わり——。

ぽつんと光を落とす街灯の下に、夜の吹きだまりみたいな、黒く大きな影が溜《た》まっている。

影はどこか居心地悪そうに揺れて、カタカタと小さな音を立てていた。

カタカタ……カタン。

ふいに音が止む。

震える闇が気配を失う。

静かな、黒の濃淡に白が混じっただけの世界に、空の向こうから明かりが差し込む。

夜明けが来たのだ。

光のもとで街角は色彩を取り戻す。

街灯の根もとに寄り添っていた影は——黒く大きな楽器のケースだ。

明けていく空の端に引っかかった白抜きの月は、滲《にじ》むように輪郭を世界に溶かし込んでいく。

一台のトラックが停車する。

防寒コートを着込んだ男たちが車から降り、ケースを荷台へと積み入れて——走り去っていった。

どこからともなく長毛の大柄な猫がひょこりと顔を覗《のぞ》かせる。

――なぁん。

座り込み、いぶかしむように首を傾《かし》げて、猫が鳴いた。

それを合図にしたように、何匹もの猫があちこちから姿を現す。若い野良猫が、トラックを追うように走りだす。

踏みつけると水になる粒の粗い雪溜まりに、猫の足跡が転々と残っていた。

# 1

「失恋のバッターボックスであっても立つしかないんだ。男にはそういうときがある。負けそうだと思っても、勝負に出なくちゃなんないときが」

札幌《さっぽろ》市中央《ちゅうおう》区。

中学の下校途中の道すがら——岩井《いわい》が真顔でそう言った。

岩井は、部活命の、五分刈り頭の野球少年である。春も夏も秋もずっと部活動にいそしんで、襟足《えりあし》や首の後ろまでも美味《おい》しく焼けたトーストみたいな色になっている。

「岩井っちは恋愛経験豊富すぎっすよ。くーっ。大人っ」

タカシは眼鏡《めがね》のブリッジを押し上げて「渋いっす」と言う。ひょろりと細長いシルエットのタカシは、新聞部に所属していて、いつでもニュースを追いかけている。

「……まあな。夏の恋は俺を少しだけ成長させたのさ」

岩井がスクールバッグをひょいと肩に背負い、胸を張った。

でもすぐに、むぎゅうっと唇を尖《とが》らせて、しょんぼりとした顔になる。

「って言っても俺、振られちゃったんだった。……っていうか、俺はコクる前に失恋してるからなー。えらそうなことドミノに言えない。もしかして俺らのなかではドミノが一番の恋愛打者なんじゃね？」

「ええーっ、僕？　ないよ。ないないっ」

話を振られて、高萩音斗《たかはぎおと》は慌《あわ》てて顔の前で手をぱたぱたと振った。

そろそろ初冬だというのに、裏張りのある紫外線対策ばっちりな日傘を差し、つばの大きな帽子と白いマスクにミラー加工のサングラスで顔の半分以上を覆《おお》っている。制服の上にもこもことダッフルコートを羽織《はお》り、さらにＵＶカットの手袋まではめている。足もとは長靴。露出する皮膚《ひふ》面積が極端に少ないので、音斗がどんな顔をした少年かはパッと見は、わからない。

ものすごい出で立ちだが――これには理由がある。

高萩音斗は――現代に進化適応した吸血鬼の末裔なのであった。

いまどきの進化した吸血鬼たちは、血を吸わない。高温殺菌をしない生の血液で生きるなんて野蛮すぎるからだ。かわりに血液とほぼ同じ成分の牛乳を飲んで暮らしている。

猫や蝙蝠《こうもり》ではなく、牛を使い魔にする。日中の紫外線や太陽光は苦手なので、昼間は箱的なものに閉じこもって寝ていることが多い。ただし、ベッドに棺桶は古いと言われている。彼らにも流行《はや》りすたりがあるのだ。

昼に外出するときはＵＶ対策に余念がない。手を抜くと肌が焦《こ》げたり、倒れたり、最悪の場合、灰になったりするので真剣である。たとえ見た目が不審者っぽくなったとしても健康のためだ。いたしかたない。

人間たちが知らないあいだに独自の進化を遂《と》げた吸血鬼の一族は、人を襲《おそ》う必要性もないため、農業と牧畜を営み道東の隠《かく》れ里《ざと》で穏やかでエコなスローフイフを満喫していた。

彼らは吸血しないので、ひょっとしたら「吸牛乳鬼」と名乗るべきなのかもしれない。

でも彼らのなかでは「自分たちこそが新しい吸血鬼であり、吸血鬼界を引っ張っていくリーダーである」という自負が強いので、自分たちは吸血鬼の一族であるとずっと強く主張しているのだった。


その遺伝子を受け継いだ音斗は——札幌の中学校に通う一年生の少年である。

最近まで吸血鬼の末裔だということを知らずに育った音斗は、自分のことを虚弱でやたらによく倒れる駄目な子どもだと思い込んでいた。幼稚園、小学校と、日を浴びる学校行事にまともに参加できたことがなく、いつでもどこでもバタバタと倒れる音斗についたあだ名は——ドミノ。

どうにかドミノのあだ名を返上し強くなりたいと願った音斗は、札幌で『パフェバー　マジックアワー』を経営する三人の「進化した吸血鬼」たちのもとに居候《いそうろう》して修行中。

その結果がこの完全防備外出スタイルなのだ。

昨日の夜に降った雪が溶けて、道ばたに汚水になって溜《た》まっていた。

トラックが「ご不要のテレビ、パソコン、冷蔵庫など大型ゴミがございましたらご用命ください」と女性の声でくり返しながら横を行き過ぎる。なんとなく耳に残る音声のループが、無駄に音斗の鼓膜に染みつく。

用途不明なものも含め、さまざまな粗大ゴミが荷台に載っているトラックが泥水を跳ねさせた。

音斗は咄嗟《とっさ》に日傘で車道からのそれを避《よ》けた。

ピシャッと日傘に泥水がつく。

「ドミノ、ナイスブロック！」

岩井が笑って言うけれど、車からの水を避けたところで意味はない。

男子中学生たちは自分たちの足でびしゃびしゃと水を跳ねさせるのだから、結局、みんなの足もとは汚れてしまう。

「いや、たしかにドミノさんがラブについてはトップを走ってる気がするっす。中学入学の初日に、クラスの委員長女子に一目惚《ひとめぼ》れして、そのままいい感じに仲良くなって、合唱コンクールで指揮者になっていいところを見せて、委員長の夢だったクラスの入賞に貢献して……その勢いで『好きだ』ってコクる。完璧じゃないっすか」

音斗の恋愛についての話題が引きずられている。

「完璧だよなあ」

岩井とタカシが顔を見合わせ、立ち止まった。

「そりゃあこれで守田《もりた》さんも僕のこと好きだって言ってくれたら完璧だろうけど……」

音斗も立ち止まり、嘆息する。

「返事はやっぱ、ないんだ？」

「ないよ。ないっていうか……告白した次の日に『考えさせてください』って言われた」

でも「好きです」と言ってすぐに、守田から「わたしも」とは言ってもらえなかった。

それがなによりの答えなのだと思うのだ。

考えるって、なにを？

音斗はなにひとつ考えないで、頭なんて使わないで、一直線に守田を好きになった。恋に落ちるってそういうことだと思う。初恋だけど、それくらいのことは音斗にだって、わかる。

「コンクールのあと期末の試験前期間に入っちゃったからどうしようもないっすよ。どんまいっす」

「いい加減にして欲しいよな、学校も。俺なんてドミノの話で動揺しちゃって勉強が手につかなくて、さんざんな成績になりそうだよ。来週からテストだなんて誰の陰謀なんだろう……。俺たちこんなときこそ有給休暇を使うべきじゃね？」

「岩井くん、中学生に有給休暇はないよ……」

「へ、そうなん？　ま、いいよ。ドミノのやったことは間違ってない。っていうか、言っちゃったもんは仕方ない」

「そう……だけど」

「バッターボックスにばんばん立つとさ、打率下がるときがあんだよ。打てなくて、とにかく全然打てなくて、落ち込む。でも打率が下がることを怖がってずっとベンチに引っ込んでるわけにはいかないだろ。バッターが打たなきゃ野球じゃない。それが野球なんだ。それでもって人生は野球と同じなんだよ。好きになったらバッターボックスに立たなきゃ。ドミノは、真の男だよ！」

「岩井っちの喩《たと》えはいつもよくわかんないけど、なんか沁《し》みるっす」

タカシがしみじみと言った。音斗もタカシに同感だった。


そのまま三人は音斗の暮らす『パフェバー　マジックアワー』へと寄り道をする。三人でテスト勉強をするのだ。

古い一軒家を改築した、住居兼店舗の『マジックアワー』は、レトロな外観とタイプの違うイケメン三人の店員に、頰《ほお》が落ちるような美味しい手作りパフェで、開店して半年で札幌のスイーツマニアたちの一押しの店になった。

とはいえ日光に弱い吸血鬼が営業しているので、営業時間は『日没から日の出直前まで』。入り口ドアにかけた看板にもそう書いてある。それがまた一風変わっていておもしろいと、ウケてしまったから世のなかとはわからない。

季節ごとの期間限定パフェのメニューが入れ替わる時期は、次々やって来る客たちの対応にてんてこまいだ。

本日も日が暮れると同時にハル、ナツ、フユの三人の吸血鬼たちが起床して、店裏のキッチンは大忙しだ。

岩井とタカシの「お邪魔してます」の挨拶に、フユが「かまえないが、好きにしてってくれ」と鷹揚《おうよう》にうなずき、ナツは岩井とタカシを見た途端に躓《つまず》いて転び、けたたましい音をさせて起き上がった途端「すすすすまなかった。アイスを作る！」と宣言し生クリームを泡立てにキッチンに籠《こ》もった。

ハルはモバイルＰＣ片手に「僕に会いに来たんだね」と満面の笑顔で決めつけ、音斗たちと一緒のダイニングテーブルに陣どる。

「ハルさん、開店前の準備手伝ってこなくていいの？」

「え～、音斗くん。寂しいこと言うなよ～」

「寂しいことじゃなくて……」

「厳しいことも言うなよ～。もっと僕を甘やかしてくれないと、僕、ぐれちゃうかもしれないよ？」

金色に近い茶色の巻き毛に白磁の肌。光の灯《とも》った鳶色《とびいろ》の双眸《そうぼう》。天使か王子と見まごう美貌に、天然気まま暴挙な性格を搭載するとハルになる。

それでもここのところハルのテンションはいつもより少しだけ下がっている。

あまり寝ていないせいかもしれない。目の下にくまがあったり、しょぼしょぼした顔であくびをしたりと、冴《さ》えない感じ。どうやら昼間、音斗が学校にいっているあいだに「なにか」をしているようなのだ。休む暇もなくものを調べたり研究したり出歩いたりしているみたいで、使い魔の牛たちまでも行き来が多く慌ただしい。

なにをしているのかは、音斗には教えてくれないのだけれど。

「わかったよ。別にハルさんがいても僕たちはかまわないんだけど……。フユさんに怒られても知らないよ?」

「もうっ。知らないとか言うなよー。知ってよ! 僕のことすべて知ってよ!! 興味持って!!」

「知らないよ〜」

音斗が守田に告白したことは――『マジックアワー』の三人にはまだ内緒だ。

そんなことを言ったらどんなふうにからかわれるか、きっと目もあてられない。

男同士の仁義で、そこは岩井もタカシも気を配ってくれている。

ドアひとつ隔《へだ》てた厨房でガチャガチャと音がしている。ときどきナツがなにかをひっくり返したらしい異音が響き、その度にナツが「すまないっ」と大声で謝罪している。いつもの光景だ。

「えーと、直径rメートルの円の面積をπを使って求める。うー、円周率って『ひとよひとよにみなごろし』のおよそ3だっけ……」

岩井が頭を抱えて、うなっている。

「岩井くん、殺さないで。それは$\sqrt{2}$だよ。そして$\sqrt{2}$は『ひとよひとよにひとみごろ』だよ。円周率は3・14だよ」

「あ、そっかー。なんか怖いと思ってた。でも、ひとみごろってなんだよ。そんなわけわかんない言葉入れられても覚えられないに決まってるだろ。おまけに円周率じゃないなんて……」

賑《にぎ》やかな音をBGMにして勉強をしていたら――フユが三人分のパフェを持って現れた。フユの背後には、ナツが、大きな身体《からだ》を小さく縮めて、忠犬の顔つきで控《ひか》えている。ナツのライオンみたいな金の髪がふわっと揺れる。精悍《せいかん》で整った顔だち。サロンエプロン姿で片手に泡立て器。片手に銀のボウル。

「十二月になったら出そうと思ってるんだ。クリスマス期間限定パフェの試作品。

食べて感想を言ってくれ」

銀色の長髪を後ろでゆるく束ねた、目つきの悪い美男子のフユがパフェをさっと差しだした。

長めのグラスのなかにアイス、苺《いちご》とラズベリー、それからシャーベットが何層にも重ねられている。その上に蓋《ふた》をするように厚めのホイップクリームが平らに盛られ、ちょこんと、雪の結晶を象《かたど》ったホワイトチョコレートがトッピングされている。

――白の生クリームに白いチョコか。雪の結晶は綺麗だけど、ちょっと地味？

「うっはー。これだからドミノんちで勉強するのやめらんないんだよなー。いっただきまーす」

岩井が勢いよくスプーンを手に取ってパフェを頬張る。

「ンンンン、ッマーイ‼」

バンザイの姿勢で両手を上げて岩井が叫んだ。

それを見ていたナツが、つられたのか、嬉しかったのか――一緒にバンザイの姿勢を取った。泡立て器とボウルを掲げ、幸せそうに仁王立ちしている。パアアアッという擬音をつけたい笑顔だ。

音斗もタカシもパフェを食べはじめる。

スプーンで掬《すく》い取って口に入れた生クリームは、ふわふわでほど良い甘味。なかで縞《しま》模様を作っているのは『マジックアワー』を特徴づけている手作りのシャーベットに、和三盆《わさんぼん》のアイスだった。口のなかで苺やラズベリーの酸味と和三盆の上品な甘さが混ざって、溶けた。

「美味しい……。クリスマスパフェにしては、彩《いろど》りがなんか普通でいいのかなーって思ったけど……」

「これって、雪が積もった下に春がいっぱい詰まってるみたいなパフェっすね」

タカシが言う。その言葉に音斗はぶんぶんと首を縦に振った。

「それだね。積もった雪の下には次の季節が待ってるんだなっていうパフェだ……！」

フユの目がきらりと光る。音斗たちの感想は、大当たりだったみたいだ。フユはパフェを誉められたときは営業スマイルじゃないきちんとした笑みを浮かべる。

岩井は「ウメー、ウメー」の連発であっというまに食べきった。

「意見が欲しいんだ。これ、ずっと悩んでるんだ。あとちょっとなにかが足りない気がして。なにを足したらいいと思う？」

三人の顔を見回しフユが言う。

音斗たちはきょとんと目を瞬《しばたた》かせた。

「んー？　この生クリームは前に食べさせてもらったホワイトパフェと同じだよな。口んなかで蕩《とろ》けてく。それにプラスしていろいろ入ってて、俺の心にヒット‼」

岩井はとても満足そうだ。

使っている牛乳の美味しさがぎゅっと濃縮された特別感のある生クリームに、和三盆のアイス。甘味も舌触りも特上で、そこにシャーベットにベリーも加わっているのに、さらになにを足せばいいのだろう。

「ああ。よくわかったな。岩井くんの舌、すごいな。でも、牛乳とアイスの美味しさを伝えるホワイトパフェを超えられるような、そんなスペシャルなパフェにしたいんだ。ヒットじゃなくて満塁で場外ホームランを狙いたい」

「満塁なんだー。へっえー。ランナーいんのかー」

目を丸くしているが、感心するポイントってそこなんだろうか？

「もう充分美味しいのに？　まだ足りないの？」

音斗はそこに感心する。

——いいなあ。

フユのそういうところが、かっこういいなと思う音斗だ。ことパフェとアイスに関しては真剣勝負。あとひと押しを常に探している。百点満点以上になろうとしている。

「ま、思いついたら教えてくれ。最悪、クリスマスまでには仕上げたいんだ」

フユがそう言って厨房へと去っていった。

ナツもぎくしゃくと頭を下げ、フユのあとをついて部屋を出た。

勉強をしてから二人が帰っていった。夕食は自宅で食べるようにと二人ともに親に厳命されたとかで、名残惜《なごりお》しそうにしていた。

彼らを見送る音斗も、気持ちが引っ張られるみたいに寂しくなる。仲良しの友だちとは、心がゴムみたいなものでつながってしまうのかもしれない。離れなくちゃならないのに、離れられない感じ。別れても、またすぐに会いたくなる。

できるだけ長く話していたい。一緒にたくさん笑いたい。そう、音斗は思う。

——だって、僕たち、同じに年を取れないかもしれないんだもん。

わけがわからないけれど、吸血鬼はそういうものらしい。人間と同じに時間が流れない。彼らが育ち、老いていっても、音斗だけは若いまま。

——永遠に近い命とか、若さとか、そんなの僕はいらないのに。

吸血鬼の末裔である自分の状況を知る前に「二十歳《はたち》まで生きられないかもしれない」と言われたのも辛かったけど、いまになって、ずっと若いまま生きていくと言われるのも辛い。ずいぶん贅沢になったなとも思う。

音斗が欲しいのは、友だちと共に育って老いていくそういう命だ。好きになった女の子と同じスピードで年を取りたい。寿命はみんなと同じに、せいぜい百年で充分だ。永遠より「いま」が欲しい。目の前のいまだけ、が。

すとんと切ない心地でダイニングに戻る。

用意された夕食は——今日は少し味噌《みそ》を溶かし込んだ牛乳鍋にたっぷり野菜。あたたかい室内には調理の湯気がふわふわと漂《ただよ》い、いい匂いがしている。

暗い玄関と廊下から居間に戻ったせいで妙に明かりがまぶしく感じられる。座って食事をしている三人の姿が淡い金に縁取《ふちど》られ、まるで宗教画みたいだ。ただご飯を食べているだけなのに。

当たり前の日常は、いつだって金の魔法の粉をまぶされて、そこにある。過ぎていく時間のすべてが美しいものなのだ。ついこのあいだまで、音斗はそんなことにも気づけないでいた。

音斗もテーブルについて、箸《はし》を取って「いただきます」と言う。

「ハルッ！　食事中にネットサーフするなって何回言えばわかるんだ」

行儀悪くモバイル片手に、鍋をふうふう食べていたハルが怒られる。

「そんなの何回でもだよ！　言葉を惜しむと会話が貧しくなるよ！　貧しいってフユの大嫌いなもののひとつじゃないか。大好きなのはお金。大嫌いなのは貧困。それがフユでしょ～？　何度でも何度でも僕に語りかけて、僕をかまってよ～」

じたばたと文句を言うハルをフユがレーザーみたいな目つきで見返した。

「ハル？」

犬を叱《しか》るようなトーンで名前を呼ぶ。地の底に引きずり込まれそうな怖いやつ。

ハルがぶるっと身体を震わせ、唇を尖らせる。

「そんなこと言ったって時間ないんだから仕方ないじゃん。フユとナツが、僕に頼んだんじゃないかっ。寝る間も惜しんで研究してるんだからもっと優しくしてよー。僕みたいな天才じゃなきゃ、フユが欲しがってるくす……あ……ええと」

「ハルッ」

フユがまた低く名を呼んだ。

ハルは途中まで言ってから、音斗の顔を見て慌てたように口を閉ざす。

「大丈夫だよ。フユさん、ハルさん。みんながなにかを探してて、ハルさんがなにかを作ってるっていうの、わかってる。ハルさんは秘密を抱えるのに向いてないもん。学校から帰ったらたまに部屋に変な臭いがたまってるし。焼け焦げたみたいな？　薬っぽい臭いとか。ハルさんは隠してるつもりらしいけど、隠しきれてないもの」

フユが「おまえは駄目な奴だなあ」というような顔でハルを見た。ハルは「そんなことはない。自分に落ち度などないのだ」というように胸を張ってフユを見返した。無言だけれど二人の表情は、音斗からするととても雄弁なのだった。

そして今日の音斗は——言葉が喉《のど》からあふれ出て止まらない。

話しだして気づいた。音斗は身体いっぱいに想いを重ねて溜め続け、外に出さないと「語らない言葉」が重しになって地面にめり込んでしまいそう。

「もしかしてこのあいだ『同じ味のパフェ』を探した件につながるのかなーって。新川《しんかわ》のほうにあった『さんかよう』っていうお店のパフェ。見つけた途端《とたん》、フユさんは『同じ味のパフェを探して』って言わなくなったから、あの店が当たりだったんだよね。あとは、フユさんとナツさんは、ハルさんに内緒にしてることがあって――ハルさんはそのことを我慢してる。それも『さんかよう』に関係してることなのかなあって」

「わ。音斗くん！　やっぱりそうかな？」

ハルが目を丸くしたから――当たりなんだなとわかった。本当、ハルは裏表がなさすぎる。なにもかも口に出す。

「どうかなあ。僕はハルさん以上に、フユさんの思惑がわかんないもん。知らないよ。探しあてたわりにはフユさんたちは『さんかよう』に自分たちでいってない。いけない理由があるんだろうね。物事にはなんだって理由があるんだ。僕に教えてくれなくてもね」

別にこんなことを言いたいわけじゃないのに、どうして。しかも少し嫌みな言い方になってしまう。言葉の外側にトゲトゲしたものがついているのが、自分でわかる。

「みんなが僕に内緒にしているのにはきっと理由があるんだよね。だから必要な時期になったらちゃんと話してくれるのも知ってるし、それまで待ってるよ。だって僕、時間たっぷりあるみたいだし……いくらでも待てる。何年でも、何十年でも。もしかしたら百年だって」

はあ……と音斗の口から重たいため息が零れた。

「進化した吸血鬼の寿命とか、年を取らないことについての話みたいに……。いつか突然、爆弾みたいに僕に説明してくれるんでしょ？」

音斗は、取り皿にこんもりと盛られた白菜と豆腐を口にする。ほかほかの湯気と出汁《だし》の香り。それが目に沁みて、涙がうるっと浮かんだ。

さっきまで岩井とタカシとけらけら笑ってたのに、そのあとはイライラしだして、しまいに今度は泣きたくなっている……。

情緒不安定でかっこう悪いなあ、と思う。

「みんな、いつでも突然すぎるから、これくらいあけすけになにか秘密にされてるんだなーってわかるほうが、ありがたいよ。心構えできてないときにドスンって重たいものにやられるのは、ちょっともう勘弁して欲しいかも」

泣き顔を見せたくないから取り皿で顔を覆う。持ち上げてスープを飲む。ごくごくと飲む。

「音斗くん、泣いてる？」

けれどハルは空気を読まないのだ。直球で聞かれ、音斗はむきになる。

「泣いてないっ」

「あのさー、これってそんな深刻になるようなことじゃないって〜。二十歳前後まではは普通に育って、そこでしばらく老化が止まるってだけだから——むしろ世の女性たちはこぞって吸血鬼になりたがるレベルの、恩恵っていうの？」

「知ってるってば。何回も聞いたもん、それ。年を取らないのとか寿命は問題じゃなくて、仕事が見つからないと『未成熟な引きこもりニートな存在』になるのが、吸血鬼的には大問題なんでしょ？　だから手に職とか、学力とか、二十歳になるまでにちゃんと進路を決めれば平気って……だけどさ……だけど」

無邪気にへらっとしているハルに、イライラする。ハルは無神経すぎる。でも音斗も必要以上にセンシティブで、八つ当たりも混じっているのはわかっている。

音斗は、一気にかきこんで鍋を食べた。舌の先が熱くてピリピリする。

「僕は、さ」

――って、ここで爆発したってどうにもならないのに。

思って、音斗は言葉を吞み込んだ。

「僕は……勉強しなくちゃ。来週からテストだし。ごちそうさまでした」

そう言って立ち上がり食器を下げた。

パタンとドアを開け、二階の部屋へと向かった。背後でフユがハルに、

「ハルはもうしばらくしゃべるな!!」

と叱責《しっせき》している声がした。

「えー、でも僕らが年を取れないのは僕のせいじゃないし、音斗くんがいま嘆《なげ》いてるのは、伯爵《はくしゃく》が音斗くんに吸血鬼の成長速度のことしゃべっちゃったからでしょう？　どうして僕が叱られるのさー。むしろ僕は、音斗くんがうまく立ち直れるための思考方法を正しく伝授しているだけなんだけど？　僕、正しくない？」

「誰がなにをしたのが原因かとか、誰が一番音斗くんを傷つけたとか、そういう問題じゃないんだよ。正論じゃ世界は回らない。むしろ正しければ正しいだけ、人を傷つける。嘘《うそ》で殴られるより、正論で殴られたほうがずっと痛いこともあるんだ」

「世界を回すのに正論以外のなにを持ってくるのさー。そういうところが大人って嫌い。嘘でも傷つかないことを言えっていうの〜？　わけわかんないよ〜」

二人の言い争いの声をドアの向こう側に閉じ込めて——階段を上がる。

すぐにドアの開閉音。

「すすすすまない。あの、音斗くん……あの」

追いかけてきたのは、ナツだった。

フユかハルだったら、音斗はそのまま無視したかもしれない。でもナツが走ってきたというのは、予想外だったから——。

声をかけられ音斗が振り返ったのと、途中まで階段をのぼりかけたナツが足を滑《すべ》らせて転げ落ちていくのは同時だった。

ズダダダダダ——。

大の字で仰向《あおむ》けで狭い階段を後向きで「信じられないことが起きましたが、さてどうしましょう」と言いたげな仰天顔で滑っていくナツの姿に、怒ったり泣いたりしていたもやもやがすべて、すっ飛んでいく。

「わーっ。ナツさん。大丈夫？」

駆け下りて、ナツを助け起こす。ナツはまん丸に開いた目に涙を滲《にじ》ませ「すすすすまない」とまず謝罪した。

「ぶつけたのはどこ？　頭だよね。って、すごいコブができてるよ。冷やさないと」

ナツの後頭部を撫《な》でて確かめた音斗を、ナツはそのまま くるんと抱きしめた。音斗のおでこを自分の胸に押しつけるようにして、ぎゅうっと抱擁《ほうよう》する。

「大丈夫じゃないのは、音斗くんだ。すまない」

ナツが音斗の髪をくしゃりとかき混ぜた。ナツの衣服からは、生クリームやバニラエッセンスが混じった甘い匂いが立ちのぼる。

「俺にはこんなことしかできない。すまない……。音斗くんは本当にいい子だなあ。いい子だなあ」

あたたかい声がする。わしわしと音斗の頭を撫でまわす。背中をトントンと優しく叩く。大きな胸のなかはひどく居心地がよかった。

「吸血鬼だって、岩井くんにもタカシくんにも、言えないもんな。親にも、吸血鬼だから自分は育たないんだよなんて、言えないもんな。友だちにも、親にも、つらいって言えないことを抱えて、それで一緒に笑ったりするの、つらくて、痛いよな」

ゆっくり、ひとつひとつを区切るようにして、ナツが言う。ひとつ語るたびに、一回、頭をぐしゃっと撫でる。

「……うん」

「そういうの、寂しいな」

見上げたらナツが泣いていた。だったら音斗だって泣いてもいいのかもと思えた。音斗より大人のナツが、隠そうともせず泣き顔になっているから。

寂しさと嬉しさと優しさと悲しさと。すべての感情がぐしゃぐしゃになった。鼻の奥がつんと痛くなった。現在と未来への不安とか焦《あせ》りとかが音斗のなかで凝縮され、涙になる。全部ぶちまけるように目から塩辛い涙が溢《あふ》れ、嗚咽《おえつ》が漏《も》れた。

そうやってしばらくナツに抱きしめられて胸のなかで泣いた。

ナツもたくさん泣いていたから、恥ずかしくないような気がした。一緒に泣いてくれる人がいるのが、ひどくありがたかった。

「音斗くん」

声をかけられ、ふと——ナツの胸元から顔を上げる。

そこには、フユに耳を引っ張られて「イテテ」と引きずり出されたハルがいた。

「……音斗くん、ごめんなさい」

ぴょこんと頭を下げて、ハルが言う。

「ううん。別に。さっきは——僕、トゲトゲしかったね。ごめんなさい」

ぐすぐすとしゃくり上げながら応じる。

「トゲトゲしかったなんて、僕は思わなかったからどうでもいいよ〜。僕のこの滑《なめ》らかで固くて丈夫なタングステンみたいな心を傷つけるのは音斗くんには無理なのさ。もっと精進しなよ」

斜め上の反応だった。さすがハルだ。

「だいたい音斗くんはそうやってすぐに『いい子』になるのが駄目なんだ……、ってあ、フユ、痛い。わかったからー。やめてー。耳引っ張らないでよ〜」

「どうしてハルはいつもひと言多いんだ」

「それが僕ということさ！　フユはがみがみ怒るけど、どうしたって僕は、僕以外のものにはなれないの。なりたくもないし。いいじゃんそれで」

「開き直るな」

「開き直るよ。それが僕が、音斗くんにしてあげられる唯一のことだもん。ごめんね、音斗くん。明るいとか前向きとか開き直るとか、強行突破とか、どうにかしてやるって暴れるとか。天才的頭脳で打開先を見つけるとか——僕が音斗くんに示してあげられることって、それしかないからさぁ。大丈夫だよって、僕は、僕なりに伝えたつもりだったんだけどさっ」

「うん……」

伝わってなかったけれど、なにかを伝えたかったという意図はわかった。ハルなりに慰《なぐさ》めてくれていたのかもしれない。

「つまり、音斗くんは手本にしていいんだよ、僕のこの素晴らしさを！」

「誰が手本にするかっ。ハルは頭がいいのは確かなんだから黙って頭だけ働かせてその口を閉じろ。まったく」

フユがハルの頭を軽くこづいた。そうしてから、手にしていた氷の包みをナツの後頭部に押し当てる。ナツはたんこぶを冷やされ「イ……」と謎の言葉を発したまま、固まった。

フユは、自分にできることをすいすいとこなしていく。

「音斗くん。ハルの無茶苦茶はほっといて……だ。音斗くんが落ち込んでるのに、なにもしてやれなくてすまない。悪かった」

「いいよ。僕も、ハルさんに八つ当たりしちゃったから。ごめんなさい」

「あれは八つ当たりじゃないさ。正当だった」

「そう?」

「そうじゃなくても——言ったらまずいことを言ってしまうタイミングって誰にだってあるんだ。音斗くんのまわりの大人たちだってみんなそうだろ? どうせ誰だって理性的で正しいことばかりしてるわけじゃない。問題なのは、言ってしまった言葉をどうやって後日、うまく回収するかだ。いま、音斗くんはとてもうまく、俺たちを言いくるめかけている。それでいいんだ。謝罪。可愛《かわい》らしさアピール。さらなる論破。斜め下理論。あらゆるテクニックを使って、回収し、対人における関係性を修復し補強する。そうやって人は生きていく。わかるな？」

　フユも斜め上だった。

「わか……るかもしれないけど……でも、ごめんなさい。他のときはともかく、謝罪するときだけは、論破とかテクニックとかじゃなく、普通にちゃんと心から謝ったほうがいいと……僕は思う。だから本当にごめんなさい」

　考えながら、音斗は言う。

「音斗くんはいい子だ」

　感に堪《た》えた言い方でナツが言い、また音斗を抱きしめた。ばふっと抱擁され鼻先がナツの胸でつぶれ、苦しい。

　――その『いい子』って誉め言葉じゃないんでしょう？　嬉しくないよ。

　思ったけれど声には出さない。ものすごく子どもじみてすねているみたいな気がしたから。そうは言っても音斗は充分に子どもなのだが……。

　わしわしと頭を撫でられて手足をばたつかせる音斗に、フユの声が降ってくる。

「そうだな。あやまるときは上辺《うわべ》じゃなく、心から思ってあやまるのがいいな。音斗くんは正しい」

「うん」

「俺も、ごめん。こんなことを言うのは、いまさらだけど、俺たちも、昔はそれなりに自分たちの寿命について考えたことがあるんだ。それでその結果——俺たちみんながこうなった。能天気に見えるかもしれないが、軽く考えて目先の現実を乗りこなすのが、一番、俺たちの性に合ったんだ。結論として、俺はこう思った。進化した吸血鬼に必要なのはただひとつ——金だ」

ハルがそれに言い返す。

「違うよ。知恵と爆発と僕の存在が必要だよ」

「お、俺には……力しかない……」

ハルはハルで、ナツはナツで、フユはフユだった。

どうしようもないけれど、なにもかもがいつも通りで。

その「いつも通り」が愛おしいというのも、音斗はすでに知っていて。

「フユさん、ハルさんはひと言多い程度じゃないよ。百ことくらいは多いんだ。そしてフユさんはいつも千ことくらいはしゃべってるよ」

くすんと鼻を鳴らしつつ、ナツの腕のなかから顔を上げ、音斗はとりあえず時間差で遅れ気味のツッコミを入れたのだった。

それが音斗にできることだから。


結局、ものすごいたんこぶをこさえたナツはしばらくのあいだ寝て休むことになって、かわりに音斗が店に出て手伝いをした。音斗としてもそのほうがひとりで勉強をするより気が紛《まぎ》れる。

音斗用のエプロンを身につけて、接客もお手のものだ。

カラン、と。

店のドアについたカウベルが鳴り――。

笑顔でドアへと視線を向けた音斗の声が一瞬、止まる。

白髪頭で背筋がのびた老人紳士と、愛想のいい上品な婦人が入ってくる。

――えー、おじいちゃん!?

音斗の祖母が、祖父を連れてきたのだ。

「……いらっしゃいませ」

祖母だけならば音斗も驚いたりはしない。祖母はいつのまにか『マジックアワー』の常連になり、友人たちとよくパフェを食べに来てくれていたのだ。けれど祖父が一緒というのは、はじめてだ。

祖父は店内をぐるりと見回す。それから、獲物を追いつめる鷹《たか》みたいな顔で音斗を見て、

「ふんっ」

と鼻を鳴らして、店のカウンターにのしのしと歩いていって座った。祖母はそのあとをちょこちょことついていく。

ちょうどカウンターに入っていたフユが水の入ったグラスを二人の前に置いて、告げた。

「いらっしゃいませ」

途端、祖父の眉がピンッと嫌な感じに跳ね上がる。

「なんだ。音斗はポカンと突っ立っているだけで、水を持ってくることすらしないのか。だったらなんのために店にいるんだ？　音斗はさぼっているのかな」

言いがかりだ。カウンターに座る客は、カウンターのなかに入っている誰かが対

応する。だからフユがグラスを渡した。

「あなた……」

祖母が眉をひそめ、祖父の服の袖《そで》をそっと引っ張った。

音斗は慌てて祖父の側《そば》に立つ。銀のトレイを抱え、笑顔を作る。

「いらっしゃいませ。季節の限定メニューは黒板に書いてあります。『冬の塩キャラメルパフェ』と『大人の柑橘パフェ』です。柑橘のパフェは、その日の入荷によって上の柑橘の種類が変わります。今日は熊本産のデコポンと特産晩白柚《ばんぺいゆ》をあしらってます。下に入っているシャーベットは宮崎の日向夏《ひゅうがなつ》です。アイスはオレンジのアイスで、酸味もあって、口のなかがさっぱりしてすごく美味しいですよ！」

本日のパフェはしっかりと覚え込んでいるからスラスラと言えた。他のメニューもばっちりだ。

「ふんっ。儂《わし》はコーヒー」

——パフェもアイスも食べないのか……。

でもそういう客がいたっていい。祖母のつきあいでやって来たのかもしれないし、そういえば祖父が甘いものを好んで食べている姿を見たことはなかった。

けれど——。

「しかし寒いな。今日は冷える。こんな寒い冬の夜に冷たいパフェなんて意味がわからない。ここに来る人間の気が知れない」

というのは、いただけない。

おまけにとても大きな声だった。

祖父はぎろりとあたりを睥睨《へいげい》する。客の何人かが、不快そうな顔をして、祖父をちらりと見た。店内に嫌な空気が漂う。

「かしこまりました。コーヒーですね。おばあちゃんは?」

「わたしは『大人の柑橘パフェ』にしようかしら。ほら、わたしは——充分に大人だから」

祖母がちらりと祖父を横目で見て、はあっとため息を漏らしてそう言った。祖父にチクッと刺したような言い方だったので、あからさますぎたけれど、でもちょっとだけ胸がすっとなる。音斗がくすっと笑うと、祖父の口がむっとへの字になる。

「なにが大人なもんか。おまえはなにひとつ苦労も知らないで遊んで過ごして」

祖父が居丈高《いたけだか》に言う。

「……そうだよね。おばあちゃんは、おじいちゃんのおかげで、幸せに暮らしてるんだと思う。でもそれって、苦労を知らないわけじゃなくて、おじいちゃんが、おばあちゃんのこと大好きで、相思相愛だからだと思うな。ね、おばあちゃん？」

音斗はさらっと割って入った。

中学生の孫がなにを生意気なと叱られる覚悟は、できていた。

音斗は、祖母に対して祖父が、いまとなっては黒歴史かもしれない「恥ずかしいラブレター」にしか見えない類《たぐい》の俳句を詠《よ》んで、贈っていたことも知ってしまっている。

ずっと遠かった――大きすぎて、自分とは違う生き物みたいに思えてきた「大人」たちも、かつては若かったことに音斗は気づいてしまった。

「あら……そうよね。ええ。音斗はいいことを言うわね」

「うん。子育てとか家事とか、大変だし、苦労ないわけないもんね。そういうのもだけど、おばあちゃんは、おじいちゃんが大好きだから、がんばったんだよね」

真顔で言ったら、祖母が「ふふ」と少女みたいに頬を染めて笑った。

「そのとおりよ、音斗」

「む。おまえたち、いったいなにを言ってるんだ。そんなくだらないことを、べらべらと……」

祖父が口ごもった。

「あら。くだらなくはないわよ」

祖母が、祖父を軽く叩く。祖父は水の入ったグラスを引き寄せてがぶっと飲んだ。

「もう……おばあちゃん。おじいちゃん困ってるよ……。あのね、他のお客様たちのご迷惑になるので、そういう喧嘩《けんか》はおうちでやってください。なんていうんだっけ、そういうの……ええと……痴話《ちわ》喧嘩？」

祖父がぶっと水を噴《ふ》いた。祖母も目を見張った。

「でもちょっと羨《うらや》ましいけどね。だって、おばあちゃんは、おじいちゃんのこと大好きで、おじいちゃんも、おばあちゃんのこと大好きなんだなってわかってるから」

にっこりと笑って駄目押し。

これは音斗の本音だ。

「ぐ」

目を白黒させる祖父母を見返し、音斗はちょこんと頭を下げる。

すぐ後ろの席に座っていたカップルが音斗たちのやり取りを聞いてクスリと笑っている。

「ああいうの少し羨ましいね」

「あの、おじいちゃん、さっきからずっと怒った顔してるけど、可愛いかも」

なんていうささやきも耳に飛び込んでくる。

内心でちろっと舌を出し、音斗は、オーダーを伝えるために厨房に戻った。

そのあと――。

音斗がオーダーを取るのに店のなかをひらひらと歩きまわるのを、祖父は黙って見ていた。音斗は祖父に見られているのを意識して、緊張しつつしっかりと働く。いいところを見せなくてはと、少しだけ肩に力が入る。

音斗にとって、いまや祖父がラスボスなのだった。

――僕がしっかりと強くなって、成長したっていうのを、おじいちゃんに認めてもらえたら……そこで僕の家の問題はどうにかなるんじゃないかな。

子どもなりに、音斗はそう思っている。

ドミノでしかなかった音斗が、音斗の家庭の雰囲気を悪くしていた。それが悲しくて、つらくて、だから家出した。音斗のことを誰も責《せ》めなかったが、その分、祖父母は音斗の母親を責めた。

それもこれもすべて悪意というわけじゃなく——情愛ゆえなんだ、と。

漠然とだけれど、音斗はそういうことを肌で感じてしまったのだ。

頭ではなく、心で稼ぐ経験値。気持ちと身体が学習し「だんだん、わかる」ことがある。そういう感じで。

祖母はパフェをぺろりと平らげ、祖父もコーヒーをしっかりと飲み終えた。

会計のレジに向かう前に、祖父が音斗へと近づいてくる。コツコツコツという しっかりした靴音をさせ、祖父は、音斗のまっすぐ目の前に立ちふさがった。

見上げた音斗に、祖父が言う。

「音斗……おまえがちゃんと働いてるのはわかった。口が異様に達者になったのも、図々しくなったのもわかった。いったい誰の影響なのか。やっぱりこの店の……」

音斗は銀のトレイを両手で抱え、応戦する。

視線はそらさない。睨《にら》みつけはしないが、卑屈《ひくつ》にもならない。感じのいい笑みを浮かべ、穏やかな声で、祖父の言葉にストップをかける。

「誰の影響でもないよ。ただ僕は――好きな女の子ができたんだ」

　早口で言う。

「なに!?」

「そのせいかな。おじいちゃんとおばあちゃんが言い争ってるのも、羨ましいなって思えたんだ。それだけ。その他のことは家で聞きます。僕への文句も、あとで家で聞く。今日は、ありがとうございました」

「音斗……？」

「だって、おじいちゃん、僕が、おじいちゃんが働いていた会社に行って、個人的なことをまわりの人目を気にしないで大声で話して、おじいちゃんの仕事の手を止めたら、怒らない？　僕はここに居候させてもらってて、だからちゃんとお手伝いして返してるつもりなんだ。そういうことを、僕のおじいちゃんはきちんと大切にしてくれる。そうでしょう？」

　祖父は、頭が固い意地っ張り。でもそれは責任感が強いことや、ちゃんと物事の筋《すじ》を通したいという性格の裏返しでもある。

ふわふわと頼りなく、ピントのずれたところのある音斗の母親を不得手なのは、祖父が生真面目《きまじめ》すぎるからだろうと思う。

「……ふん」

祖父が鼻を鳴らした。納得したらしい。

「うちの店、コーヒーも美味しいけど、やっぱり美味しいのはアイスとパフェなんだ。次はなにか食べて欲しいな」

「儂は甘ったるいもんは、よう好かん」

ぼそりと言う。

「ありがとうございました。またいらしてください」

音斗は、祖父母に心を込めて頭を下げた。祖母は、店のドアを開けて外に出る瞬間、音斗へと小さく手を振ってくれた。

ぱたぱたと働いているうちに、ナツが戻ってくる。そこでピンチヒッターの音斗は、店から抜け出て、厨房へと引っ込んだ。ハルがフロアで、ナツが厨房。フユが厨房と店内を出たり入ったりという定位置についた。

音斗と一緒に引っ込んだフユが、

「音斗くん、強くなったな」

と、しみじみと言った。

祖父母とのやり取りを示唆《しさ》していることはすぐにわかった。

「フユさんみたいだった？　言い負かしっていうか、口がまわるみたいなところ」

「いや。俺以上だ。というより、あれは俺とハルが混じってた」

「ええ。ハルさん？」

フユに似たいし目指しているところはあるが、ハルはまったく眼中になかった音斗は思わずそう聞き返す。

「俺はもう少し、場の空気を読む」

ガーン……と殴られた気分になって口をポカンと開けた。

「そんなあ〜。ハルさんか〜」

言われてみれば、そうなのかも。どうにかしてやろうという強行突破力や、開き直りが音斗を強くしたのか？

「というか、俺たちに似ているというより、あれはもう音斗くんのオリジナルだ。周囲の人の振る舞いを見て、音斗くんは、音斗くんらしくなっていっているんだな。──音斗くんはどんどん育ってる。自分になっている」

「僕は、自分になってるの？　そっか」

誉められているのかな？

「きっと──音斗くんのおじいちゃん、おばあちゃんは、いまの音斗くんを見て内心すごく舌を巻いてるよ。お父さんとお母さんも、さっきの様子を見たら、びっくりして感心して──少しだけ寂しくなるかもしれないな」

「寂しくなるの？」

「子どもが自分らしく育ってくのを見守る親って、ときどき寂しいものらしいからな」

フユが音斗の髪の毛を一回だけくしゃっと撫でた。

なにが寂しいのかわからないからきょとんとしながら──くすぐったいような晴れがましさで、音斗は首をきゅっとすくませ「へへ」と笑ったのだった。

いい子だよと言われるよりも、寂しくなるよと言われたほうが嬉しい気がした。

# 2

空き地に、猫たちが集《つど》っている。

——なぁん。

野良の若い猫たちが駆け寄って、もふもふのボス猫に何事かを報告するように寄り添い、鳴き声をあげる。

地域のボスである長毛の美猫は、ここのところずっと不機嫌だ。

喉声《のどごえ》を鳴らすことなく、寒い風に豊かな被毛《ひもう》を膨《ふく》らませ、闇夜に目をらんらんと輝かせて塀の上に鎮座《ちんざ》している。

行き止まりの小道の角——街灯の下。

いつもなら夜になればそこで卓を広げているはずの金髪の占い師は、もうずっと、姿を見せていない……。

＊

無事に期末テストが終わった。

最後の科目が終わり、テスト用紙が回収され先生が教室を出ていった。

すると、岩井《いわい》がどうしてか万歳三唱《ばんざいさんしょう》をした。岩井のテンションに引きずられ、クラスの男子は互いの健闘をたたえ合い「バンザーイ、これで遊べる」とか「明日から部活できる」とかハイタッチで大騒ぎである。

音斗《おと》も、みんなと一緒に笑いあって——それから、そんな馬鹿な男子たちを呆《あき》れた目で見守る女子たちへとちらっと視線を向けて——。

守田《もりた》と目があって、ハッとする。どぎまぎして、顔が引《ひ》き攣《つ》る。笑ってても変な気がするし、かといって難しい顔をするのもおかしな話だ。

守田も同様なのか、唇を引き結び、眉尻《まゆじり》を下げて少し困っているような表情を浮かべた。

——僕、困らせてるんだな。

「岩井くん、テスト終わった開放感はわかるけど、時間だから掃除しにいこう。僕たち二階階段の当番だったよね」

「おー、そうだ。掃除とっととやってHR《ホームルーム》やって帰って――そしたら今日は夕方から部活ができるな」

音斗は、いつもなら守田がするような注意を男子たちにする。守田がしているみたいに、両手をパンパンッと叩いて、

「じゃ、掃除しよう」

なんて、まとめたりもする。

守田が音斗にぺこっと頭を下げた。そして廊下へと出ていった。

そして音斗は、守田のちょっとだけ下げた頭や、そんな動作が可愛《かわい》いと思ってしまう。

いっそひと思いに振ってくれればという気持ちのなかに、わずかながら「もしかして、好きって言ってくれるかも」という小さなひとかけらの種が紛《まぎ》れて、埋め込まれている。互いにこの話題に触《ふ》れないでいたら、いつか音斗の心に根を張って、勝手に大きな希望の葉を茂らせてしまいそう。

根とか葉とかが胸の内側に広がったとしても――花も実もならないのかもしれないのに。

どうしようもないなと思った。それから、好きな子を困らせたまま、時間を過ごすのは嫌だなと考えた。

時間の粒のすべてが貴重なのだ。守田とこんな壁を作って過ごしたくない。

好きだと告げたときと同じに、ふっと音斗の足が前に出る。

それでも心は傷つくのを怖れていて――音斗は、叱《しか》られた犬みたいにしおれながら、廊下へと出て、先に立つ守田へと急ぎ足で近づいた。

「守田さん。このあいだの返事なんだけど」

と、声をかける。

ひとりきりで歩く守田の、ふわふわと揺れるスカートの裾《すそ》。振り返ったときの上《うわ》目遣《めづか》いと、くるんと丸く大きな目。

――僕はいつだって百点満点の八十点くらいで「あとひと押し」が足りなくて……。

そう思って勇気をもって「あとひと押し」努力して過ごしてみたけれど、努力したってどうにもならないことがある。たとえば恋愛とか。がんばったからって、好きになってもらえるとは限らない。

「あ……高萩《たかはぎ》くん……その……返事は」

即答しないことが返事だ。知っていた。

音斗はちょっとだけ笑ってみせた。

「僕、守田さんのこと困らせたくて告白したわけじゃないから。返事がないのが返事なのは、わかるから。もう気にしないでいままでどおりでいいよ」

守田がほっとした顔をした。

すごく胸が痛くなった。

「わたし、高萩くんのこと嫌いじゃないよ」

「うん」

「ただ、わたしは、つきあうとかそういうのまだ早いと思う。そういうのよくわからないんだ。だから、友だちでいてくれると嬉しいです」

「うん。わかった」

――友だちでいよう。

友だちは、大好きだ。友だちがいるのは、嬉しい。

なのに守田に「友だち」って言われるとどうしてこんなにつらいのかな。

音斗は、顔いっぱいで笑った。無理やり笑ったから、頬《ほお》がピキピキと引き攣れるような気がした。

「じゃ、僕は二階の階段だから。守田さんは理科室でしょ？」

しおれて背中を丸めたら負けだと思った。なにをして勝ち負けかはまったく不明なのだが。背中をのばして空《から》元気で守田と別れた。

顔には出さないけれど、胸のなかで涙が零《こぼ》れ、喉のあたりまでぎゅっとものが詰まっているみたいに苦しくなった。

音斗は二階の階段にいく。

音斗が守田を追いかけたのを見て、岩井は気を利かせてくれたのだろう。すっと離れて、あとからやって来てなにも言わず音斗の隣に立つ。

「振られた……」

岩井への報告は短かった。モップを持って床を拭きながら言う。

「えっ。ええと。そっか」

自由箒《ほうき》を抱え岩井が応じた。

「打率が下がろうがなんだろうが、バッターボックスに立たなくちゃなんないときだったんだ。僕にとって今回は。だから、平気」

平気じゃないけど無理して笑った。

岩井が、

「ドミノ、無理して笑わなくていい」

と告げて、音斗のモップに、自分の自由箒の柄《え》をコツンと当てたのだった。


テストが終わって十二月に入る。クリスマスが近づいて街並みの景色が一気に華やぐ。

振られようが人生は続いていく。中学一年生の毎日はそれなりに大忙しだ。

音斗は今日もまた店の手伝いに入る。ハルがカウンターで女性客の相手をしている。ハルは見た目良いので、ファンも一定数いるのだ。

「新しいメニューあるんだね。クリスマスパフェください」

二人組の女性客が言った。

期間限定クリスマスパフェ。しかしそれは音斗たちがこの間食べた試作品とは違い、色とりどりのマカロンを載せたデコラティブなパフェだった。

ラズベリーにピスタチオに抹茶というクリスマスカラーのころりと丸いマカロンと、サンタっぽく見えるように生クリームで白い髭《ひげ》をつけた苺《いちご》をちょんと載せている。基本、アイスと生クリームや季節の果実の自然の甘さを売りにして、上品テイストに抑えた作りの多い『マジックアワー』にしては、珍しく甘さやデコレーションをふんだんに盛ったパフェである。

「実は、これじゃなくもうひとつクリスマスパフェを出す予定があるんだよ。そっちはクリスマススペシャルとして、クリスマスイブと当日の二日間だけの限定だって。食べに来てね」

ハルがにっこり笑って言う。

巻き髪の綺麗なお姉さん二人組が「ハハッ」と笑った。

「クリスマスにぼっち、もしくは女同士でパフェ食べにくる寂しい人たちへの、サンタさんからのプレゼントみたいなのかな」

「心に刺さるんだけど……」

と文句を言うけれど、心底、痛んではいないような言い方だ。

――大人だと失恋も余裕なのかなあ。

音斗は我知らずため息を漏らしていた。

「あれー？　でもこのあいだ、ちょっといい感じの人見つけたって言ってた気がするんだけど。僕、妬《や》いてたんだけどなー。こんな素敵な僕を目の前にして、違う男の話するなんて信じられないーって」

ハルが、とてもハルらしいことを言う。

「うまくいきませんでした！　はい、終了」

そう言って、女性二人組は昨今の自分たちの恋愛事情を語りだす。

失恋したての身につまされるが、笑いも交えて互いにツッコミを入れつつ話すので、痛いなりに真剣に話を聞いてしまう音斗だった。

「アラサーはそろそろ焦《あせ》ってますよ。笑い事じゃないんだから」

「でもこれがアラフォーになったらどーんとかまえるみたいなことを会社の先輩が言ってた。で、アラフィフになると恋愛じゃなく、老後について考えて焦ってお金を貯めるようになるんだって」

「なるほど。わかる」

そのまま、しみじみと財形貯蓄の話をしだす。なんだか、たくましくて清々《すがすが》しい。

「アラサーのアラってなんなの。魚のアラなの。軽快なかけ声なの。アラサっ」

ハルが妙な混ぜっ返しをする。

「アラウンドだよ」

くすっと笑って女性が応じた。

「でもさあ、二十歳《はたち》のときより三十歳のいまのほうが、独り身はつらいからなあ。彼氏がいるいないじゃなくて……ひとりでパフェ食べる現実が身に沁《し》みるのって、年を取れば取るだけきつい気がする。アラフィフの老後に焦る気持ち、すでにわかるわ～。ひとりって厳しいよね。恋人じゃなくても茶飲み友だちが必要ね。あんたがいてよかった。クリスマスにも一緒にパフェ食べよう」

隣に座る友だちの手をがしっと握って言う。

「えー、なによそれ。私も、あんたが言ってることなんとなくわかるけどさ」

笑いあうふたりを見て、音斗の心がしゅんとなる。

――二十歳より三十歳のほうがひとりがつらいって。百歳になったらどれほどつらいの？

どっとこみ上げてくる不安感があった。音斗は何歳まで生きて、そしてどれほど孤独に過ごすのか……。守田とのこともそうだけれど、友だちとは今後どうなってしまうのか。

――って、伯爵《はくしゃく》は？

ぽつんと考えた。

だったら伯爵はどうなのだろう。永遠に孤高を貫こうとして、夜の闇の世界を徘《はい》徊《かい》する、年を取らぬ昔ながらの吸血鬼。他に誰も友だちがおらず、野良猫たちを使い魔にして過ごしている彼は……。

そういえば、忙しかったり、傷心だったりで、最近、音斗は伯爵と会っていない。伯爵に衝撃の事実を明かされて――それがつらかったというのも、ある。

一応は路地裏を訪れているが、前ほど熱心に伯爵に呼びかけることはしていなかった。「伯爵、いないの？　いたら出てきて」と声をかけ――返事がないのを確認し、しばらく待ってからとぼとぼと帰ってくるというくり返しだった。

なんだかなにもかもが中途半端だな。

がんばろうとする気持ちが空回《からまわ》っていて、物事がうまくいっていない。どれにも手をつけてしまったから、なにひとつまともに収まっていない。

そうしていたら。

カラン——と、ドアが開いた。

「いらっしゃいませ」

声をあげた音斗は、そこで固まってしまった。

「——守田さんと、守田さんのお姉さん？　と、……あと……」

守田姉妹と、それから中学の廊下ですれ違って漠然と顔だけは知っている同学年の女子たちが三人。

守田姉は常連客のひとりなので「勝手知ったる」という感じで、奥の広いテーブルに自分以外を連れていって座らせた。四人掛けのテーブル席なので、自分はすたすたとやって来てカウンターに座る。

「曜子《ようこ》たち、試験終わったっていうし、みんなでクリスマスパフェ食べにくる引率で来たんだよね。中学生女子だけで夜あんまり遅くなるとまずいじゃん」

音斗やハルが尋ねなくても、守田姉は自主的に話してくれる。ハルは二人組の女性客ときゃらきゃらと語りあっているので、自然と音斗にだけ向けて話すことになった。

マスカラの厚塗りでヒジキみたいになっている睫《まつげ》に、太くラインの入った目。目の下がキラキラと白く光っている。涙袋《なみだぶくろ》というのをメイクで作ってみせて、とにかく気合いが入っている。守田姉は普通にしていたら素朴で可愛いのに、流行のメイクを仕込みすぎて、いつも音斗からすると「怖い」顔になっているのだった。

「それで――食べたあとで、曜子の友だちが、フユさんに相談あるんだって。商売やってる家の子としてはお金落とさないで頼み事だけするのは気がひけるから、まずパフェ食べよってことになったんだ。フユさん、いるよね？」

「あ……はい」

音斗はこくんとうなずいた。

「あんたんとこの中学校の吹奏楽部で楽器のケースなくしちゃってさ。わたしたちがパフェ食べてるあいだに、裏にいるフユさんにさらっと、用があって来てるからって伝えといてくれる？　食べ終わったら裏にいくから」

またもや——『マジックアワー』に探しものの依頼であった。

『パフェバー　マジックアワー』はただのパフェ屋だ。

そう説明しているのにどうしてか裏で探偵をやっているのだという謎の噂《うわさ》が後を絶たない。実際に「行方不明になった男の子を捜しあて」たり「家出した女の子を連れ戻し」たり「盗まれたペットの犬の事件を解決」したり「謎の書物を見つけだし」たり——依頼されたことをちゃんとこなしてしまうのが、悪いのだ。

どれもこれも微妙にズレた事件で、微妙にズレた解決策を経て結末を迎えているけれど、とにかく「解決した」ということだけを人は注目し、噂を立てる。

パフェを食べて会計をしたあとで——みんなはぞろぞろと店裏の玄関から居住スペースのほうにやって来て、フユに対して頭を下げた。

守田姉妹に連れられてきた、音斗が名前を知らなかった三人は、音斗とは違うクラスの吹奏楽部所属の女子生徒だった。

セミロングの髪をふたつに縛《しば》っている小柄な女子は——櫛引《くしびき》さん。

櫛引より背が高くショートカットの女子は西野《にしの》さん。

大人びた顔つきのスタイルのいい女子が飯田《いいだ》さん。

共に一年生で、この春に吹奏楽部に入部したのだという。

その吹奏楽部の――コントラバスという楽器のケースが紛失したのだそうだ。

「コントラバスってどんなんだったっけ？」

ハルが即座に聞き返した。

ちゃっかりと店裏に戻ってきて聞いているのが、ハルらしい。おもしろそうなことに目がなくて、事件に鼻先を無理に突っ込んでくる。というより自ら事件を作りだすのがハルなのだ。

ハルは聞いておきながら返事を待たずモバイルを開いてカチカチとキーボードを叩いてクリックした。

「あー、これかー。わ、でかっ」

音斗もハルの肩先からモバイルのディスプレイを覗《のぞ》き込《こ》む。

成人男性の身長よりさらに丈長の、バイオリンに似た弦楽器だ。

「そのコントラバスのケースがなくなったから捜してほしいってことか？　だが、

これって、学校の楽器なんだよな」

フユが渋い顔で言う。

「そのとおりです。バイオリンやフルートは自分の楽器って子もいますけど、あとは学校ので、中学に入ってからはじめて触《さわ》ったって子ばっかりです」

櫛引がフユを見て返す。

「ということは、誰か部員が借りたままケースを紛失。学校の備品をなくしたのを知られるとマズいから、うちに『捜してくれ』って言ってきたってことかな。そういうのは揉《も》め事になるから、申し訳ないが、関わりたくない」

フユがすげなく断った。

「違います。なくしたのは学校なんです。わたしたちが悪いんじゃないの」

西野が慌《あわ》てたようにそう言った。椅子から腰を浮かし気味にして前のめりになってフユに喰《く》らいつく。

「学校がなくしたんなら、学校で予算を組んで買い直せばすむだけのことだろう」

フユの眉間《みけん》のしわが深くなる。

「それも違うんです。なくしたっていうか——正しい言い方をすると学校が勝手に捨てたんです。古いハードケースで、もう壊れてたの。ケースとしてはまともに使えなくて新しいケースは別にあったんです。だから、もういらないって思って、顧問の先生が手続きをして粗大ゴミにして出したの……」

　でも……と、西野が続ける。

「わたしたちにとってはあの壊れたケースはゴミなんかじゃなかったの。先生にもちゃんとそう言ったのに、もう捨てちゃったんだからって取り合ってくれなかったの」

　しゅんとする西野を見て、櫛引が憤《いきどお》ったようにあとを引き取る。

「そうなんだよ。ひどいんだ。先生はなんにもわかってない！　わたしたちの指導はしてくれてるけど、なにひとつ見ててくれてないんだ。前の先生は違ったって先輩たちがいつも言ってる。転勤していなくなっちゃった前の顧問の先生は、先輩たちと一緒にあのケースを大事にしてくれてたんだって。いまの先生だって、わたしたちにはあれが大切なこと、見ててくれたらわかるはずなのに。だからっ」

「わたしたちも捜したんだけど、行き詰まっちゃったんだ。学校のゴミの収集場所は決まってるし、業者も指定されてるから、そこに電話してきいたの。でも、ないって言われたの」

興奮しているのか、膝の上に置いた手がグーの形になっている。

と——。

店のほうからガシャーンと凄《すさ》まじい音がした。

続けて「すすすすまない！」というオロオロとしたナツの声が響く。フユが額を押さえてうつむいた。

「……ナツだけで店を回すのはどう考えても無理だ。そろそろ限界だ。ハル、いくぞ」

顔を上げたフユがハルのシャツの後ろ首をひょいとつかまえて、引っ張っていく。

「えええー？　なんか楽しそうだし、捜してやったらいいじゃんー。フユー？」

「俺たちはいまものすごく忙しい。店も軌道にのったし、ここががんばりどきなんだ。——それに隠《かく》れ里《ざと》から外に出た最初のクリスマスだ」

クリスマスだからなんだというのか。

「クリスマスだけど……」

音斗はフユの言葉に眉根を寄せて、つぶやいた。

守田は、姉に連れてこられたのか、どことなく居心地悪そうにしている。守田姉と、吹奏楽部の三人の後ろで小さくなって座っている。それでも音斗はどうしても守田が気になってちらちらと見てしまう。

ハルが小動物みたいに頰を膨らませ「えー、つまんなーい」と叫び、フユは「おまえはおまえで忙しいだろう。体力の配分を考えろ」と叱責《しっせき》する。

フユの不機嫌顔は、周囲の空気が凍りつくくらい冷たい。吹奏楽部女子三人ががうなだれた。守田姉は中学生たちを連れてきたことでお役ご免と思っているのか、そっけない顔をして自分の爪を眺《なが》めている。

「――あの、じゃあアドバイスだけでもいいからもらえませんか」

立ち上がったのは――守田だった。ちっちゃな身体《からだ》で大きな声を出して、フユをまっすぐに見つめている。

「たとえば調べ方とか探し方を教えてくれたら嬉しいです。アドバイスいただけたら、わたしたちは自分たちでがんばる。そういうのでもいいんです」

フユはわずかに眉間の幅を広げ、守田を見返した。

「「「アドバイスください!!!」」」

守田のひと押しに勢いづいて、吹奏楽部三人の声が綺麗に揃った。

「――だったら、僕が、やるよ」

音斗は自然とそう言っていた。

みんなの視線が音斗に集中する。失敗したかなと思ったけれど、口に出してしまった言葉はもう取り戻せない。それに――音斗はやっぱりまだ「守田のためなら」なんでもしたいと思ってしまうのだった。

振られたからって好きになるのをやめられるわけじゃない。

友だちでしかなくたって――友だちが困っていたら手助けしたいじゃないか。

フユが「ふぅん」と笑った。守田と音斗の顔のあいだを視線が一往復する。

「じゃあ音斗くんと相談してくれ。音斗くんからあとで聞いて、助言できることがあったら助言するから。ただしくれぐれも無茶はしないように」

フユはピシッとそう告げ、ハルを引きずって部屋を出ていった。


あとに残った中学生ズはぎくしゃくとしている。守田姉だけはマイペースで、座っている椅子をぐらぐらと揺らしてから猫みたいにのびをする。

「僕にできることはたかが知れてるけど、それでも手伝わせてください。僕、このあいだ守田さんたちにはお世話になったから。お返しできればいいなって思ってます。よろしく」

音斗がみんなに頭を下げた。そうしたら櫛引たちが、膨らんだ花のつぼみが開くみたいに、一気にしゃべりはじめた。

「ドミノく……じゃなくて高萩くんはすごい名探偵だって聞いてます。あの、わたしファンです。合唱コンクールの指揮が、すっごくおもしろくって、かっこうよかったし」

ファンだなんて言われたのは、はじめてだ。面食らって目を瞬《しばたた》かせ「実は私もド……いや、高萩くんのファンになった。あのときの指揮すごかった」と言う櫛引と西野に、

「ドミノでいいよ」

と笑って、言った。

「わたしはあの仕掛けがどうなってるのか知りたいんだけど。鳥が」

飯田が真顔で問いかける。

「秘密です」

秘密兵器指揮棒な日傘から鳥が飛び立った件については、あちこちから問われている。が、あれはハルの発明品なので音斗には説明できないのだった。謎のテクノロジーすぎて、下手に解説するといろんなところでボロが出てしまいそうなので言葉を濁《にご》している。

「ドミノ氏、けっこう謎多いよね」

ぼそり。

飯田が切れ長の目を神秘的にきらめかせた。

「え……そんなことないよ。紫外線アレルギーなだけだよ？」

「飯田、また変なこと言いだして。ごめんね、ドミノくん。飯田ちょっとなんていうか……ええと」

「……電波入ってる系女子です。今回はケースの行方よりドミノ氏に興味があってついて来ました」

飯田が敬礼のポーズを取って自己紹介をした。

「飯田ぁ!!」

櫛引がパコーンッと飯田の背中を叩いた。飯田は能面の無表情で「ぶほっ」とむせた。

しーんと変な沈黙が訪れた。

話題を変えよう。

「僕、喉が渇いたから牛乳飲むけど――みんなはロイヤルミルクティーにしてもいいかな？」

身体を動かすと会話の糸口もつかめる。美味しいものは人を安心させる。身を以《もっ》て知っているから音斗も、そうする。いつもやっているようにホットミルクを作り、ついでに甘めのミルクティーを用意する。

動いているうちに部屋の空気がふわりとゆるんでいった。

音斗は三人組にあらためて向き合った。

「それで、どんなケースなの？」

まずは話すことからだ。とりとめなくても話をして、解決の糸口になりそうなものを引っ張りだす。それがいままでのやり方だった。

ハルがおいていったモバイルの回線はまだつながっている。

カチカチとキーボードを叩いて、調べる。

「コントラバスケース……ってつくづく大きいよね。ふうん。ソフトケースとハードケースの二種類があるんだね」

「捨てられたのはハードケースです。革でできてて、内側は紫のビロード張りなの。贅沢《ぜいたく》な感じで、宝石とか入ってそうな高級感のあるケースなんですよ」

櫛引が自慢げに言ったから、音斗はちょっと笑ってしまった。

「へー。贅沢なケースかあ。あ……本当だ。立派なんだね。コントラバスのハードケース」

画像検索をしたら出てくる。

「……寝心地よさそうだなあ」

ぼそりと声が零れた。

染みついてしまった吸血鬼的な思考がもわっと立ちのぼる。内側がビロードの箱的な立派な、なにかだ。蓋《ふた》を閉めてなかに閉じこもると紫外線を確実に遮蔽《しゃへい》し、ひやっとした闇に閉ざされそう。自分が宝石になったような気持ちでしっとりと眠ることができそうだ。

「寝心地？」

飯田の双眸《そうぼう》がきらりと瞬《またた》く。

下手なことは言えない。音斗は慌ててごまかす。

「えーと、いまはなんでもネットで調べられて便利だな。コントラバスケースって備品扱いなんだね。検索してみよーっと。学校の備品について」

キーワードを羅列すると、いろいろな学校での備品管理規約がデータとして出てきた。

「管理記録があるんだね。ふーん。そうだよね。たぶん担当の先生が貸し出しについてや、廃棄とか購入についてもファイルしているんだね。楽器も備品なんだ？」

音斗が言うと、櫛引が「楽器は特別に台帳があるよ」と返事をくれた。

「特別な台帳？」

「大きな楽器は自分では持ってないから学校から借りてる子がほとんどなんだ。でも自分ちで練習したいとか、そういうときは台帳に記入して印鑑をもらってうちに持って帰るの。そうしないと楽器なくなったら困るでしょう？」

「なるほど。楽器の台帳か。じゃあケースも台帳に載っているの？」

「ケースは楽器と一緒だよ。丸裸のホルンだけとか、コントラバスとかを持ち歩く人はいないから。ケースだけ持って帰るってこともないしね」

櫛引が三人のなかで一番よく話す。というより——まとめ役なのだろう。

「どうして古いケースが必要なのかな？」

首を傾《かし》げた音斗を見て、櫛引が説明してくれる。

「実は、わたしたちが捜してるケースって学校のものじゃないんだ。昔、先輩から寄贈されたものなんだって。でも書類とか手続きなしで、気づいたら部室におかれてあってそのまま吹奏楽部の財産になったものなの。それで台帳にも記載されてないから、先生個人の判断で廃棄できたんだ」

「そうなんだ？」

「そう。だからコントラバスのケースは別にもうひとつあるんだよ。ソフトケースっていう柔らかいやつ。普段はソフトケースに入ってて、ハードケースはずっと音楽準備室に中身は空っぽのままおかれてたんだ」

ソフトケースについて調べてみる。画像検索でずらずらと出てくる。こちらもこちらで大きな寝袋みたいで寝心地がよさそうだった。

「……それじゃあ、ハードケースのほうを捨てたのも、仕方ないんじゃないのかなあ。ケースだけで中身は入ってなかったんだよね」

「中身がなくても必要なケースだったんだよ。壊れてても役に立たなくても、ずっと持っていたいものってあるよね」

音斗は、聞き分けのいい子犬みたいに櫛引を見返した。

「うちの吹奏楽部って実は何年か前までは有名だったんだ。わたし、八歳上のお兄ちゃんがいるんだけど、そのお兄ちゃんの代は全国大会までいったって。わたしはそれ見てて吹奏楽部に入ろうって決めて入部したんだ。お兄ちゃんがすごい楽しかったって話してくれたし、部活通じて親友もできたって言ってたし」

櫛引は真摯《しんし》な顔で音斗に説明してくれる。

「それで、お兄ちゃんが入部したときからすでにハードケースがあって――お兄ちゃんたちの代ではあれがお守りだったんだって。どの先輩がそれを持ってきたかわからないけどいつのまにか音楽準備室にあった贈り物っていうか。だからみんなであのケースに祈願してから大会に出てたとか、あとケースのなかに女子はみんなでお守りを入れたりしてたんだって。これ――なんだけど」

と、櫛引が鞄《かばん》から黒いお守りを出して見せた。

パッと見は普通のお守りだ。でも黒地に金色の糸で楽器の絵が刺繍《ししゅう》されてある。

「これはチューバ。やってない人から見るとチューバもホルンもわかんないと思うけど。こういうのがひとつひとつ刺繡されてて、楽器全部のお守りがあって――手作りなんだ。引退するとき、次の代がそのお守りと楽器を受け継いで」

「へえ～」

渡されたものを手に取って眺める。なかにはなにが入っているのだろう。ごろりと硬い感触がする。

「電波を感じました。あのコントラバスケースからはある種の魔力みたいなものを」

飯田が強くうなずいた。

「魔力？」

音斗が口をポカンと開ける。自分も伝説の生物である吸血鬼の末裔なので、もしかしたらこの世界には魔力もあるのかもしれないが……。

「飯田の話は無視してください」

櫛引がさっと割って入った。

「う、うん……。このお守りの中身はなんなのかな？」

「見てもいいよ。歴代の、チューバ担当の先輩たちからのちっちゃい寄せ書きみたいなやつ」

そっと紐《ひも》の結び目を解いて、中身を取り出す。古びて黄ばんだ紙に細い字で「ガンバレ」とか「チューバLOVE」などバラバラの筆跡で書かれている。一枚だけじゃ足りなくて、二枚、三枚と綴《つづ》られて——畳んでしまい込まれている。

「わたしはたしなみ程度に電波入れときましたけど」

小さく挙手して飯田が言う。

——よし。わかってきた。とにかく飯田さんの話は聞き流そう……。

「この数年、吹奏楽部は人数が減ってたからお守り全部は渡す人がいなかったの。それで何個かケースにしまわれたままだった。それごと先生が捨てちゃったんだ。わたしたちの代で、こういうのなくしたくないって思って。だけど先生は『そんなものにこだわるなんて非科学的だ』って。そういう変なことをするより、練習しなさいって。でも残したい伝統とかってわたしたちにだってあるから」

櫛引は西野に相づちを求めた。西野が「うん」と同意する。

「先生たちから見たら非科学的でくだらない験担《げんかつ》ぎだとしても――そういうんじゃなくて、いままでの友情とか、先輩と後輩とのあいだのリレーとか、なんかそういうのがあのケースにはつまってると思うんだ。だからお守りだけでも取り戻したい。それにケースが壊れてて捨てなくちゃならないとしても、自分たちの手で捨てたかったっていうか、お別れ……したかった。わたしたちだけじゃなく先輩たちのなかにもそう思ってる人、いるはずだよ」

「本当は捨てたくはないんだけど……、かっこいいハードケースだったし」

「そうそう。アンティークって感じなんだ。革のあちこちに傷がついてるんだけど、それもいい雰囲気で」

「そっかー……。たしかにそれは取り戻したいよね。ずっと前の先輩たちからつながってきたリレーのバトンみたいなものなのかー」

音斗はカチカチとまたネットを検索する。

いままでの話から推察される必要な単語。

大型ゴミ。収集。キーワードを拾ってチェック。

——ああ、なんだか僕、いまとってもハルさんっぽい気がする。

それはあまり嬉しくないのだった。影響を受けるならばハル以外の誰かに受けたい。でもどうしようもない。

学校のゴミは、指定されたゴミ収集会社にまとめて引き取ってもらっている。そのゴミ収集場はすでにチェック済みでそこでは見つからなかった。つまり。

「じゃあどこを捜せばいいのかな？」

音斗は、みんなの顔を見回した。


夜遅くなると家族が帰宅時間を気にして心配するからと慌ただしく話し合いをして——。

みんなが帰っていくときになって、守田姉だけがささっと音斗に近づいてきた。

「あのさあ、最近、あいつどうなってるの？　あんたが『伯爵』って呼んでる、妖怪血舐《な》め男は」

「妖怪血舐め男？」

「吸血鬼なんてかっこいい名前で呼びたくないから。あいつすぐ図に乗るから、がっかりするような呼び方で呼ぶことに決めたの。あいつに血を吸われたことは私の汚点。一度でもあいつを頼ろうとか、占いを信じようとしたとか──わたしの黒歴史よ。残虐で卑劣《ひれつ》で怖いとか思っちゃったことも気の迷いだったわ。せめてずっと二枚目のままでいて欲しかったわよ。いまとなっては」

悔《くや》しげに言う。

守田姉はかつて伯爵に血を吸われたことがあるのだ。そのため伯爵の下僕として扱われた過去が──。

「でも……一回つながっちゃったからか、あいつの気配はいつでもわかっちゃう……。ここのところあいつの気配感じないんだよね」

「え？」

──気配がないって、どういうこと？

「近所にいないのはわたしにとっては嬉しいことだけど。ただ──あんたはあいつの『友だち』なんだよね？　曜子にそんな話、聞いたから。あいつのことかばって、札幌《さっぽろ》地下街で叫んだとかって」

「あ……うん」

「どこにいったかあんたも知らないの？　友だちだったらちゃんとあいつの管理しときなさいよ。あんなんでも一応、血を吸ったりするんだから、あれは。それで吸われたほうはずっと、あいつの影響をどこかで受け続けるんだから」

守田姉は自分の首筋を確認するようにそっと触った。いまはもうそこには嚙《か》み跡はなく、守田姉は伯爵の支配下から抜け出ている。ハルが作った特効薬のおかげで。

「管理はできないけど……伯爵のこと探して、伝えるね。ちゃんとしてねって」

「っていうかさ、むしろ、友だちであることを辞めなさいよ。あんた、いい子なんだし、あいつから変な影響受けて悪くなっちゃわないか心配なんだ。あいつ完全に昼夜逆転して暮らしてるし、さっぱり働かないし、人から金奪ったり、人を脅《おど》したりするし、盗んだ自転車に乗って移動したり……ロクでもないんだよ」

――それは、吸血鬼じゃなくていわゆるヤンキー？　しかも盗むのはバイクではなく自転車なのか。伯爵……。

「大丈夫だよ。つられて悪くなったりしないから」

「そう？　それならそれでいいんだけど」

守田姉がふと顔を上げる。どことも知れない遠い闇を見つめ、ささやく。

「わたしがあいつにつながってから、こんなにあいつの気配がまるっとなくなるのがはじめてで——なんだか変な胸騒ぎがしてさ。おかしいよね。それでつい、あんたに聞いちゃった。ごめん」

「あやまるようなことなにもしてないよ。伯爵のこと見つけたら、守田さんのお姉さんが心配してたって、伯爵に伝えるね」

「やだよ。あいつ絶対に調子にのって高笑いするから。『本来ならば我に触れることもかなわなかった下郎め。食餌《しょくじ》としてその血のひと筋舐め取られた恩に、我に忠誠を誓うというのなら、心配することを許してやってもかまわない。ふふふふ、はははははは』みたいな？　心配なんて絶対にしてないっ。妖怪血舐め元ヤン男のことが憎いだけっ」

「そ、そうか」

「そうっ。じゃあね」

パッと去っていく守田姉である。

守田姉の伯爵の物まねが存外似ていて——守田姉は嫌そうにしているけれど、実は伯爵に対してなんらかの情が湧いているのでは。

人の心はとても複雑で、好きと嫌いと愛と憎悪はとても近いところにある。感情は全部糸のようにからまって、寄りあわさっているのかもしれない。

# 3

すっかり寒くなった。

外は、とっくに冬の匂いをさせている。

家の窓に明かりが灯《とも》りチラチラと瞬《またた》いている。室内のあたたかさをカーテンの向こう側に閉じ込めているような、黄色みを帯びた光を見上げる。

「伯爵《はくしゃく》……どこにいるの？」

深夜だ。

ときどき虚空《こくう》に声をかけながら、音斗《おと》は行き止まりの道を覗《のぞ》き見たり、ぐるぐると付近をうろついた。

「しばらく来られなくてごめんなさい。見つけないまま諦《あきら》めて帰ってたのも、ごめんね。試験だったのと、それから僕にもいろんなことがあって……。伯爵に言われたことにもびっくりして……」

道を歩く人は音斗しかいなくて、街灯や家の明かりはあるのに物音もせずしんと静かで、人びとを内側に取り込んだまま街そのものがくるんと丸まって就寝してしまっているかのようだ。

「こっそりうちを抜け出てきたんだ。でもフユさんは、僕がたまに家を出ていくの知ってるんだと思う。見逃してくれてる気がする。それでね……伯爵……守田《もりた》さんのお姉さんが、最近伯爵の気配がないって言ってて」

伯爵――話がしたいよ。

会いに来ないでいて、ごめんねと伝えたい。

「本当のこと言うと、ちょっと怖くなったんだ。伯爵のことがじゃなくて、ずっと僕だけひとりで、成長しないで生きてかなくちゃならないかもみたいに思ったことが。ショックで、つらくて。伯爵に言われたことまだうまく呑《の》み込めてないんだ。そのまま伯爵に会ったら八つ当たりしちゃうと思ったんだ。でもね」

音斗がこれだけつらいなら、伯爵はどうなんだろうと今日になってやっと思った。

百歳を超えて、永遠に死に続ける伯爵の孤独と闇を考えた。

伯爵がどんな気持ちで音斗に、音斗が育たないことを伝えたのかも考えた。

「僕たち、きっと友だちになれると思うんだ。だから……」

出てきてよ。

隠れてないでよ。

つぶやく音斗の声は街に呑み込まれていく。


夜の街は——生きているのかもしれない。

ふいにそう感じ、ざわざわと音斗の背筋がさざめいた。

人や動物の生活を取り込んで、みんながためこむ熱を包んで、平べったくのびやかに呼吸をし夜の街は大きく育っていく。

昼に感じるのは生き物の息吹で、夜に感じるのは街を作る無機物の肌触《はだざわ》りだ。

夜の街の、ありもしない呼吸を感じ取る音斗は——半《なか》ば夜の生き物なのだった。

進化したけれど吸血鬼の末裔。人とは少し違うもの。

ぼんやりとそんなことを考えながら、音斗はダッフルコートの上に巻いたマフラーをぎゅっと握りしめる。

「伯爵は寒くない？　僕は寒いよ。だから伯爵にマフラーを持ってきたんだ。僕はマフラーをふたつ持ってるから、ひとつを伯爵に使ってもらえたらと思って。今夜は牛乳は持ってきてないんだ。でももし伯爵がお腹すいてたら……」

猫がやって来て塀の上から音斗を見下ろす。

後ろの空に半円の月が浮かんでいる。

「前にしたときと同じにちょっとだけなら僕の血を飲んでもいいから。蚊《か》に吸われるのも、伯爵に吸われるのも似たようなもんじゃないかなと思って。それで」

コートのボタンをしっかりとめて自分の身体《からだ》の熱を外に漏《も》らさないようにしないと、凍えてしまう。こんなに寒い夜に、伯爵はひとりぼっちでどこに潜《ひそ》んでいるのだろう。

「みんなが蚊って言うと伯爵怒るけど……僕は、自分が吸血鬼だと思うより、蚊みたいなものだと思ったほうが気持ちが楽なんだ。だから別に伯爵のことけなしているわけじゃないんだよ。本当だよ。もっと気楽になるといいってフユさんとナツさんとハルさんに言われて」

それはもしかしたらちゃんとひとつの対策になっていて。

「伯爵〜。難しく考えると寂しくなるんだ。僕はまだ中学一年だから。それで、先延ばしにして、いまは笑うのもいいのかもしれないって思ったんだ。フユさんやハルさんを見てそう思ったの。ひとりで笑うとよけいに寂しいから、誰かと一緒に笑うといいって僕は知ってるんだ。それは――中学校に入って友だちに教えてもらったんだ。それとは別にね、こないだ僕、岩井《いわい》くんに『無理して笑わなくていい』って言われたの。それがすごく胸に沁《し》みたんだ。僕は友だちと一緒にいるとき、無理しなくていいんだなって。許してもらえるんだなって」

音斗はそれがとてもありがたかった。

「伯爵も、泣いたり笑ったり怒ったりを、僕としてよ。僕がずっと来なかったこと怒ってるの？　ごめんね。あやまっても許してくれないかもしれないね。僕は伯爵に無理して笑わなくてもいいよって言うし、怒ってるときは一緒に怒ったりもしたいよ。子どもの僕じゃあ伯爵の友だちにはなれない？」

キーコキーコと音がした。軋《きし》んだ音をさせて自転車に乗った人が音斗を追い抜いていく。自転車のライトが路面を丸く黄色く照らす。すぐ近くだけがふわっと明るく――でもずっと先は変わらない薄い闇のまま。

手前しか明るく見えないなんて、怖いのに。

そんなことを不思議とも思わず、みんなは自転車のライトを灯して夜の街を走っていくのだった。


音斗は最後に「ひどいよ」と伯爵に言葉を投げた。

伯爵がそれを聞いたのか、どうかはわからない。

伯爵は本当のことを音斗に伝えてくれただけなのに。

あんなこと言うべきじゃなかったと、いまは思う。


「伯爵……会いたいよ……」


もう一度、伯爵と会って、そこでなにを話すべきかは思いつかない。

たぶんなにも言えないような気がする。

もしかしたら、泣き言や、詰《なじ》る言葉が刺々《とげとげ》しく口をついて出るかもしれない。こんなふうに言っていても、まだ音斗自身が自分の運命を納得していないから。

けれどなにも言わなくても、音斗は伯爵に、血の一滴を渡し――「元気だった？」と声をかけるだろう。

それだけだ。

それだけが――したかった。

伯爵と音斗とのあいだにも友情のゴムがつながっている。

一方的に音斗はそう思っている。


でも、伯爵はいつまでたっても音斗の前に姿を現してはくれなかった。

＊

「――というわけで、僕、次は吹奏楽部の楽器ケースを捜すことになったんだ。それで、できたら岩井くんとタカシくんにも手伝ってもらいたい」

守田たちが『マジックアワー』に来て翌日の、昼休みである。

タカシの教室を岩井と一緒に訪ね、後ろのほうに集まって二人に相談する音斗だった。

　ことの経緯を話したら、タカシと岩井が顔を見合わせる。

「守田さんが一緒に頼みにきたからって、それで引き受けちゃうんっすね。ドミノさんて、男だなあ。オレだったら失恋ショックで断っちゃうかもっす」

　すっぱりと振られたことはすでに二人に話している。

「うん。そこは男とか女とか関係なく、ドミノはいい奴だな」

「岩井くんもタカシくんも同じ立場だったら引き受けると思うよ。それはそれでいいんだけど……気まずくて。僕だけ男ひとりで、守田さんとはまだちょっとぎくしゃくしてて、僕もどういう態度とったらいいかわかってない。だから、岩井くんとタカシくんも一緒に来てほしいんだ。無理かな？」

　音斗は相談された内容や、これからの予定を二人に伝える。

「無理じゃないよ。なんかまた楽しそうだし。部活んときはいけないけど。それに俺はいつもテスト前はドミノに世話になってるから、ドミノには恩がある！」

「学校が勝手に捨ててしまった楽器ケースって、スクープの臭いがぷんぷんするじゃないっすか。表だっての新聞には載せられなくても『裏学校新聞』のネタになるかも！」

相変わらずノリのいい二人に、今回も救われる音斗だった。

「あとさ、それとは別にもうひとつ調べたいことがあるんだ。伯爵のこと覚えてる？」

「ドミノさんのストーカーの男っすよね。マントかぶってる外国人でロッカーのなかから出てきた変質者！　……あ、すみません。変質者なんて言って。あんなんでもドミノさんの友だちって言ってたっすよね……」

反射的に応じたタカシが途中でもごもご言葉を畳《たた》んだ。

「地下街でわけわかんないこと言ってた奴だよな。ドミノんちの兄ちゃんたちにどっか似てるイケメンなのに残念な大人。覚えてるっていうよりあれは忘れられない。はじめて会ったときも二回目に会ったときも変だったから」

岩井が、勉強時以外はめったに見せない難しい顔でうなずく。

二人の伯爵の印象はさんざんなもののようだ。

「悪い人じゃないんだよ。ただちょっとだけ……大人になりそびれている人なんだ。わざとそうなったわけじゃないし、努力しないからそうなったわけでもないんだ。

生まれつきの問題があって、そのせいでいまの社会と合わなくて、それで捻《ひね》くれちゃったんだ」

伯爵の説明と弁護をひとつひとつ重ねる。言葉を積み上げる毎《ごと》に「そうか」と音斗自身が納得する。

「だけどたいした問題じゃない……と思う。傍《はた》から見たら変だし、誰にでも受け入れられる人じゃない。それでも本人はがんばってるんだ。必死なんだ」

これは——伯爵についてだけじゃなく、音斗のことを弁明している言葉でもある。

「紫外線アレルギーの僕と一緒で、夜しか出歩けない人なんだ。アレルギーになるものが多すぎて、場合によっては死んでしまうかもしれないから、食べられるものも一種類だけなの。家族もいなくて、友だちもいなくて、ずっとひとりぼっちで育ちそびれて身体だけが大人になって——寂しいって口に出すのが苦しいから、それで『孤高を選択したのだ』とか『高貴なる闇の眷属《けんぞく》』とか、そんな言い回しで飾りつけてプライドを保ってて」

——そうしなきゃ自分が惨《みじ》めになるからなのかも。

語る言葉がいちいちナイフみたいに尖《とが》って、音斗の心を刺してくる。

みんなが仲良く暮らして、育って、大人になっていく社会で、自分だけはいつまでも子どものままで——真っ向からそんな事実を認めるのはきっと痛い。

自分がドミノで駄目だから仕方ないよと投げだすのと、吸血鬼という貴族の頂点だから愚民とは交われないと言い放つのは真逆のようでいて、根本は似ているようなー——。

「みんなと違うって言わないと、自分を保てなかったんだと思うんだ。だって実際、違うもの。特別すごいとかそういうんじゃなく、特別に『駄目』なんだもん。そういうの等身大に冷静に認めるのって怖いし悲しいよね」

「特別に『駄目』なんだ？　うわあ」

「それはつらいっすね」

「だけどそんなの伯爵だけじゃないよね。誰だって駄目なこと思い当たるよね。みんながみんな人と違って駄目なところ抱えて生きてるよね。ただひとつ、伯爵の『違う』を誰も好きになってくれなかったんだ。『いいなあ』とか『素敵だね』とか『がんばったんだね』とか言われなかったんだ……と思う。働き方がわからないからふらふらして過ごすしかなくて」

そういう大人が伯爵だ。

子どもみたいな、永遠に死に続けるひとりぼっちの大人。

「それ——他人事《ひとごと》じゃないっすね。オレだってこの先ちゃんと大人になれるのかわかんないっす」

「タカシくんは、なれるよ～。大丈夫」

「俺なんて、父ちゃんが会社でなにしてんのかまったく知らないよ。働くってなに？　野球してるんじゃないことくらいしかわかんない。会社員てみんな会社でなにしてんだ？　勉強も野球もしないで毎日朝から晩まで。謎だ。俺はこんなんで大人になれるんだろうか」

岩井が深刻な顔で言う。

「岩井くんもなれるよ～」

「ドミノさん、マジっすか？」

「ドミノ、絶対だな!?」

二人に同時に詰め寄られ——音斗は、不安なのは、自分だけじゃないんだなとハッとする。

みんな同じなのだ。吸血鬼であろうと、なかろうと。子どもから大人へと無事に育っていけるのか。

誰にとっても「いま」しかなくて――誰の未来も「すぐ手前」しか見えていない。音斗たちの時間は未来へしか進めない。遠くを見ようと目をこらしても時間の闇は遠く、暗い。希望に満ちて進んでも、怖がって進んでも、同じなのだ。誰にとってもいつだって未来の姿は曖昧《あいまい》だ。

車や自転車のライトのようにすぐ先の道しか照らされず、続く道路の先はどこまでもぼんやりとした暗がりのなかだ。

「絶対だよ。二人は大丈夫。でも僕は……どうかな?」

「ドミノは大丈夫に決まってる。頭いいし顔もいいし性格もいいし」

「勇敢でいざってときに戦える男っすよ。ドミノさんは。そのうえ友だち思いっす。だいいちドミノさん、もうすでに大人みたいな性格してるっす」

互いに励ましあって、ニッと笑った。

きっと自分たちは大丈夫なんだと、そんなやみくもな楽天さが心に明かりを差した。

つかの間の勇気であっても、これは勇気だ。友だちと手を取り合って得られる自信だ。

そのあと――。

教室に戻った音斗は、意を決して守田の側《そば》にいき「放課後に、櫛引《くしびき》さんたちも一緒にもう一回話そう。岩井くんとタカシくんも手伝ってくれるから」と伝える。

「うん。わかった。じゃあみんなに伝えとくね。高萩《たかはぎ》くん、ありがとう」

守田が言う。音斗は「それじゃ」と、守田からさっと離れた。

まだ胸がチクチクとした。


音斗はずいぶんと手際がよくなっている。

だてに何度も事件を解決しているわけじゃないのだ。ハルを見ていたからネットでの調べ物はうまくなっているし（勝手にモバイルは触らせてもらえないから、フユたちに確認をとって調べるのだが）、フユのように弁舌たくましくごまかして言いくるめる度胸も少しついたし、ナツみたいににこにこして他人の話を聞いたり場を和《なご》ませたりも――たぶんできるはず。

放課後になって吹奏楽部の部室に櫛引たちを呼びにいった。

テスト明けのせいかみんな緊張感なく、部室のあちこちでてんでに固まっている。

先輩たちは制服を着崩しているから、すぐにわかる。楽器を持って鳴らしている人もいれば――手ぶらな人もいる。

「なにかしら。もしかして入部希望？」

スーツ姿の音楽の先生が音斗を見咎《みとが》めて、近づいてそう言った。

――榊原《さかきばら》先生だ。

厳しい女教師である。

「え、違います。待ち合わせをしてて……その」

「はあ？　これから部活動なのよ」

先生の声が尖った。生徒たちの視線が音斗と先生に集中する。ひそやかなささやきが耳に飛び込む。

「まぁた、榊原、すぐキレる」

教師がキッときつい目をして声の主を振り返る。毒づいた生徒はそらっとぼけて窓の外を見て、ホルンを吹いた。ぶぉんと渋い音がする。

「もっと空気を溜《た》めて吹いて。音が悪いわ」

「はあ～？　いまのは真面目《まじめ》に吹いてないんですけど？」

「だったら真面目に吹いて。貸して。こうよ」

ホルンを奪い取り、マウスピースを外す。持っていたものに付け替えて、ぶおんっと吹いた。榊原先生の吹いた音のほうが圧倒的にすごい。

「な……にすんだよ」

「真面目に吹くってどういうことか教えただけだわ。あと、マウスピースにも、合う、合わないがあるの。あなたの口の形に合ってないわ。合ってるのに買い換えて」

「うるっさいなあっ。音だけでかけりゃいいってもんじゃないでしょ」

――空気が悪いなあ。どうしよう。

おろおろしていたら部室の端にいた櫛引と目があった。櫛引は、

「あ・と・で」

と声に出さず口を動かした。

音斗はこくんとうなずいて、

「部活中にすみませんでした。帰ります。失礼しました」

謝罪してドアを閉めたのだった。


音斗たちは櫛引たちの活動が終わるのを教室で待った。

三十分ほどで櫛引たちがやって来る。岩井はまだ部活で欠席だ。

「高萩くん、ごめんね。榊原先生、すぐ怒るんだ。それでみんなバラバラで」

「まともに練習になんてなんないんだよ。あのあと、ホルンの先輩と喧嘩《けんか》になって『真面目にやれないなら帰りなさい！』って怒鳴りつけて、それで二年の先輩みんな帰っちゃってさあ。どうしようもないから練習なしで解散になっちゃった」

「えー、僕のせいだよね。顔なんて出すんじゃなかった……」

「違う違う。いつも、そう。スパルタなんだよ。指導者としてはいい先生で有名らしいけど、前の先生のときのやり方をみんな否定して『なってない』って怒るから、先輩たちもイライラしちゃってて。正直、まともに練習というものをやれた試しがないんだ。嫌になっちゃう」

櫛引たちは、はあ〜と重たいため息を漏らした。

「いつもそうなの？　それはなんだか……大変だね」

淀《よど》んだ空気で、みんながギスギスしていたあの感じを音斗は知っている。かつての自分の家だ。こんぺいとうみたいなトゲができてしまって――互いを傷つけたいわけじゃないのに、尖ったトゲで相手に当たり散らしてしまう。

「そう。大変なんだ。けど、ケースとお守りさえ戻ってきたらきっとうまくいくと思う」

櫛引と西野《にしの》がうなずきあった。

――そうなのかなあ？

そこは半信半疑で首を傾《かし》げたが、とりあえず音斗たちは椅子に座った。櫛引が鞄《かばん》からごそごそと紙を取りだす。

学校指定ゴミ収集業者の連絡先。

楽器ケースの写真。

「ゴミを捨てた場所も、日時もわかってる。先生がコントラバスケースその他のゴミをまとめて捨てたのは水曜の放課後以降で、業者が引き取りに来たのは水曜の夜。でも、そこから先がわからない」

櫛引が言った。

「わからないって？」

守田が聞いた。

「粗大ゴミなんてなかったって……」

「そのへんもうちょっと詳しく教えてもらってもいい？」

音斗の言葉に、櫛引がこくりとうなずいた。


その後、先生に居残りを注意され、一回各自が家に戻ってから再集合ということになった。

『マジックアワー』の居間がわりもかねているダイニングキッチンのなかは、白い煙で包まれていた。

あきらかになにかを爆発させた様子で、ハルは腕組みをして無言で椅子に座っている。

「えー、これどうしたの。ハルさん」

煙たさに大慌てで窓を開ける。換気扇も回す。寒いけれどそんなこと気にしていられない。

「くくく。この薬は薬四天王のなかでも最弱。電子レンジごときで爆発するとは四天王の面汚《つらよご》しよ……」

机の前には謎の緑の液体が入ったコップがある。中身はヘドロみたいにドロドロしている。変な臭いもする。

「薬四天王ってなんなんだよ。もう。それに電子レンジで薬作らないでよ。なんの薬だか知らないけど。友だち来るんだから、このあと」

「……だが奴は最弱だったが実は苦労人で優しい薬だった。僕がマラソン大会で倒れたときも、あとからそっとフォローしてくれた」

「薬が？」

「最近友だちもできたしこんな薬生も悪くないと僕に言ってくれたそんな矢先に。悲しい出来事だ。この薬の犠牲を糧《かて》として僕は！」

——やくせいってなんだ。人生みたいなものかな。

ハルが立ち上がった。

音斗は無言でハルを見た。

「僕がボケたらツッコんでよ。音斗くんっ」

「知らないよ〜」

「知ってよ。もっと僕に興味持ってよ〜」

「だってこれから友だちが来るんだよ。女子も来るんだからこんな煙たい部屋のまじゃ駄目だよ〜。爆発したレンジのなかのドロドロしたの片付けたいし。ハルさん、使ったらちゃんと自分で片付けてよ〜」

「いやだ。僕、ものを作るのは好きだけど、その対極の片付けは嫌いなの」

ハルがぷいっとそっぽを向く。

まったく、どっちが子どもだかわからない。

「ねえねえ。昨日の楽器ケースの話なんでしょ？　僕はきみたちの顧問として話を聞かせてもらおうかな。こんなに立派な僕が顧問になるのをみんな喜んでくれていいよ」

「いらないよっ」

音斗はがんばってハルをふせいでいたが、ハルはハルなのでどっかりと居座ってしまった。

ぱたぱたしているうちにみんなが揃《そろ》い――ハルの茶々入れを躱《かわ》しながら櫛引の話を聞く。

「粗大ゴミはなくなったんだって業者に電話で言われたの」

「さっきも言ってたけど、なくなったってどういうこと？」

音斗が聞き返す。

「学校から連絡が来て収集所にいったら、他のゴミはあったけど、楽器ケースはなかったって。だからこちらに来てもケースはないって言われた」

ハルを含め――全員が顔を見合わせた。

トントントン、とゆっくりしたリズムで階段をおりてくる足音がする。

――あれ、いつもなら僕が起こしにいかないと起きてこないのに、フユさんとナツさん？

音斗は時計を確認した。冬だから日暮れが早く午後四時半には暗くなり、フユたちの活動時間は長くなっている。とはいえできるだけ寝坊はしたいというフユたちの事情にあわせて、いまは午後六時に音斗がふたりに声をかけて起こしているのだ。だから普通ならまだあと一時間以上はフユたちは寝ているはずなのだが――。

「……おはよう。ハル、おまえはまたなにやってんだ」

フユがドアをあけ、むっとして言う。よれたスウェット上下に、前髪がはらりと片目にかかって全体にだらしがないのだが、それでも顔立ちだけは整っているのだった。剣呑《けんのん》な目つきに冷たい低音の声。店頭に出ていないときのフユは心底、凶悪で愛想が悪い。

「わっ」

後ろにいたナツが例によって躓《つまず》いて背後からフユにかぶさった。

ぐっと踏みこらえてナツの転倒を防止したフユの眉間《みけん》にしわが寄る。ナツのほうが身体が大きいから、支えるのはかなりの力が必要だと思う。

つんのめるようにしてフユを抱きしめながらナツがひょいっとフユの肩越しに顔を出し、

「いらっしゃい……ませ」

と、ふわりと笑う。

「ナツは我らマジックアワー四天王のなかでは最弱。だが僕がフユに怒られると僕を慰《なぐさ》めてくれるいい奴だった。ナツの犠牲を糧に僕は！」

ハルが拳骨《げんこつ》で机をダンッと叩くのと同時にフユがハルに近づきこめかみを拳骨でぐりぐりと押した。

「やかましい‼」

一喝《いっかつ》されてハルはぶうっと膨《ふく》れる。マジックアワー四天王最弱が誰かはわからないが、最強は間違いなくフユなのだった。


ゴミというのは環境事業公社というところの管轄《かんかつ》らしい。

「そそそ。目の前の便利な箱はきみたちの知らないことをなんでも教えてくれる」

カチカチカチといつものとおりにハルが得意げに指を滑《すべ》らせている。

フユとナツが作りたてのアイスをふるまってくれる。みんな歓声をあげて食べながらの作戦会議だ。自分たちは関わらないと言いながらもフユたちは音斗をそっとフォローしてくれている。ありがたい。

「学校で契約してる特別な業者っていったって、札幌《さっぽろ》市の環境事業公社とやっているることは同じようなもんだよね。リサイクルできるものはリサイクルして、そうじゃないのは粉砕したり燃やしたりで破砕処理場に持ってかれるよね」

女子たちが感心してハルを見ている。

「でもその業者から楽器ケースみたいなものは『ない』って言われました。電話で。捨てられていたはずの場所になかったって」

櫛引があらためてそう言う。

みんなで頭を捻《ひね》る。

「つまり誰かがゴミ捨て場から盗んだ?」

音斗が言う。それしか考えられないから。

「盗むっていっても俺が知ってる盗みは盗塁だけだしなー。とりあえず盗塁は、足速くないと難しいんだよなー。だからその犯人は足が速い!」

「犯人を捜すってなるとすごく難しくなるね」

男子三人組は頭をつきあわせて話し合う。

「犯人は捜さなくていいんっすよ。必要なのは楽器ケースっす」

「そうは言っても、誰が、いつ、なんのために盗《と》っていったかを推理しないと、楽器ケースがいまどこにあるか見つけられないいんじゃないのかなあ」

「そこをどうにかしてください。だってドミノくんたちはすごいんでしょ？」

櫛引と西野がキラキラとした目を向けてきた。

そこまですごくはないのだけれど……と言いたかったが、ハルが「お手」と言われたら即座に前脚を出す犬のごとく、

「そそそ。その通りなのさ。僕たちにかかったらどんな事件も即座に解決～」

と能天気に返してしまった。

「やかましい!!」

フユにすぐさま拳骨でぐりぐりされ「イテテテテ」と頭を抱える。

「別に俺はきみたちにアドバイスしたいわけじゃないが――ハルにしろ、音斗くんにしろ、若者たちはネットを過信しすぎるところがある。便利なのはわかってる。俺もハルに調べ物をなんでも頼む。だけど、音斗くんは前に本を捜したときには自分の足で捜してたんじゃないか？　なんでもかんでもググッて終わらせるんじゃな

く、実際に体験してみないとわからないことがたくさんだ。出かけてみたらどうだ？」

フユの言葉にハルがぶうっと頬《ほお》を膨らませた。

「足で捜せば見つかるってわけでもないが——音斗くんたちが学校にいってて捜せない日中に関しては、太郎坊《たろうぼう》と次郎坊《じろうぼう》にも頼むといい。そうだな、太郎坊、次郎坊」

フユが言ったと同時に、玄関へとつながるドアがばーんと開いた。

にょきっと顔を出したのは、筋肉質の巨軀《きょく》の男性二人組だ。

太郎坊と次郎坊。フユたちの使い魔であり、牛型に姿を変えることもある。作業着にキャップをかぶり「牛のマークの宅配便」を営んでいる。

守田と岩井とタカシはたまに見かけているが、それ以外のみんなにとっては初対面だ。

「わっ。誰ですか。いつのまに入ってきてたの？」

ぎょっとしている女子たちに、太郎坊と次郎坊は、

「うへへへへへへ」

「どこからともなくでございます」

「そんなことはないぞ、太郎坊。今回は我らは玄関から入ってきたぞ」

「そうだった。そうだった。玄関からいつのまにか入って参りました。はじめまして」

　キャップを脱いでぺこりと頭を下げる。

「今回は……？　玄関から入らないこともあるのね。なにかしら。電波を受信した気がするわ」

　飯田がひとさし指を頬に当てて目を細めた。

「そ、そうだよね。フユさんの言うのは正しいよ。実際に足を運ばないとわからないことがたくさんあるもんね。じゃあ明日、土曜に環境事業公社にいくことにしよう。ゴミのことはゴミの専門家に聞いてみる。もしかしたら、ヒントがあるかもしれない。太郎坊と次郎坊も忙しいだろうし、もし土日で見つからなかったらまた頼むことにして――」

　本を捜した時もそうだった。書店員さんに重要なヒントをもらったのだ。飯田がなにかを悟るような気がして、音斗はひやひやしている。電波発言なりに毎回鋭いところを衝《つ》いているのだ。音斗に疚《やま》しいところがあるからそう感じるだけかもしれないが。

「とにかく今日はこれでおしまいにしよう。また明日」

仕切ってしまう音斗だった。


みんなが帰っていくのを音斗は玄関先まで見送った。前だったら同じ商店街の守田のことは「夜だし危ないから」なんて言って家まで送ったところだが、今夜は先に守田に拒否されてしまった。

「近いし大丈夫」

パッツと断ち切られた感じで落ち込む音斗だ。完全に距離ができてしまっている。

「じゃあ気をつけてね」

と言いながら、太郎坊と次郎坊にこっそりと後をつけて見守ってくれるように頼み込んだ。

それでも思い切り悪く、少しだけ後を追ったのだ。守田は音斗がついてきている

のに気づいていなかったらしく、

「あのね、高萩くんのおうちに伝えたから、もう私はいなくていいよね。私、次から抜けていい？　高萩くんと、櫛引さんたちで捜せるね？」

と櫛引に話していた。

「そんなこと言わないで、いてよ。守田がいてくれたほうが話しやすいし」

「うーん……」

思いあぐねるような守田の声に、音斗の足が止まる。

――いままでみたいに守田さんと仲良くできなくなっちゃったんだな。

バッターボックスに立ったばかりに、切ないことになってしまった。こんなことなら告白なんてしないほうがよかったのかも……。

肩を落として部屋に戻った音斗をフユがじっと見つめている。フユは目敏《めざと》くて、些細《ささい》なことに気づくから、もしかしたら音斗と守田のことをそろそろ勘づいているかもしれない。

「音斗くん」

「はいっ」

「深夜のひとり歩きは推奨されないよ。音斗くんがあまり遅いときは、太郎坊と次郎坊のどちらかに見てもらってはいるけど」

——そっちか。

そっちはそっちで今夜も近所を捜してまわろうと思っていたのだ。

「伯爵に会いたくて」

「捜してまわらなくてもそのうちどこからか湧いてくるだろう」

フユは伯爵にはそっけない。

「蚊じゃないんだから湧かないよ〜。どうしてみんな伯爵にだけは冷たいの？　そんなんだから伯爵、いなくなっちゃうんじゃないか。みんな伯爵のことひどく言うけど……伯爵は僕に隠し事もしないし、ひどいことしないもん。フユさんたちよりずっと僕に優しい大人なんだから」

口を尖らせて抗議する。

「あれが……俺たちより優しいだと？」

フユが愕然《がくぜん》とした顔をした。

「そうだよ。フユさんたちより信用できる大人だよ。だって伯爵はなんていうか……そう、純粋だもん！　それに伯爵、僕たちと知り合ってから誰からも血を吸ってないしまったく無害だよ。ハルさんみたいに騒々しいうえにものを爆発させてないし、フユさんみたいにガミガミ怒らないし小銭拾って踊らないし、ナツさんほど転ばない。昔どうだったかは別として、いまはすごくいい人だと思う。昔、悪かった人でも、良く変わったら、その人のこと信用するべきだよね。こないだ元ヤンとかいう人が更正して教師になるドラマ、みんなで見たとき、フユさんは『いまの行いの正しさを見るべきだな』って言ってたじゃないか」

「言ったかもしれないな……」

「僕、伯爵を絶対に見つけだすんだから。邪魔しないでよね」

「邪魔は……しないが……。あれが俺たちより音斗くんにとっては信用できる大人になってしまったのか……」

　フユは頭を抱えて「俺たちはどこでなにを間違ったのか」と自問自答をはじめた。

# 間章

お金は大切だけど、手放すときにだけ真価を発揮するんだ。

そういうのって結局は「役に立たないもの」ってことなんじゃないの？


僕がそう言うとフユはいつもむきになって言い返してきた。

『金ほど大事なものはない。古今東西、人が起こす事件でキーになってるものはほとんどが金だ。金を盗む。金のために人を殺す。金欲しさにだます』

険悪な顔で持論を展開するから、笑って茶化してしまいたくなる。

金だけじゃなく愛憎ゆえに殺す事件も後を絶たないけれどねぇ。

『それは否定しない。だがな、愛情は自力でどうにかなるもんじゃないが金なら努力で増やせるからな！』

愛だって増やせるじゃないか。

たとえば僕のフユとナツを愛する気持ちは日々大きくなっているよ。最愛の親友と最愛の弟。ねぇ、愛してるよ、フユ。

からかってフユの銀の長い髪を軽く引っ張る。

『そういうの、誤解されるからやめてくれ。だいたい、おまえの愛は軽いんだよ』

親友のフユが僕に重たい愛をご所望ならば、いくらでも！

『ふざけるのもたいがいにしておけよ』

フユが僕の頭を拳骨《げんこつ》でこづく。僕は笑う。

あのときはまだ僕たちは若くて――フユもさほどぶてぶてしくはなかった。


僕の名は、アキ。

ナツの兄で、フユの親友。

と、言ってもいいのかな。わからないな。

ナツと縁は途切れることはないと思うけれど、フユはまだ僕のことを親友だと思ってくれているのかな。

進化した吸血鬼として牧畜に特化した僕たちが暮らしていたのは道東の隠れ里だ。僕たちの隠れ里は、鎖国したせいで世界のなかで孤立した江戸時代の日本みたいな状態だった。社会に置いていかれて独自の進化を遂《と》げていた。

そうして気づいたら、戸籍ができて僕たちの住まいは「字隠れ里《あざかくれざと》」と明記されてしまっていたのだけれど――。

その後、僕は理由《わけ》あって「字隠れ里」を飛び出して。

それきりフユにもナツにも会っていない。

いま僕がいるのは――札幌《さっぽろ》市北区《きた》新川《しんかわ》にある『喫茶　さんかよう』だ。

今日もお客さまがたくさん来ている。商売は順調だ。

一緒に店をやっている恋人の華子《はなこ》さんはキュートで、彼女のハイヒールになら踏みにじられるのもいいななんて不埒《ふらち》なことを考えながら、僕は生クリームを一日泡立てていた。

「アキさんいま変なこと考えてたね。白状しなさい」

カツカツと近づいてきた華子さんが腕組みをしてキッと僕を睨《にら》み上《あ》げる。猫みたいな目と、花びらのような唇。誰が見たってころっとくるような彼女は、勝ち気なのに弱気で、僕を溺愛《できあい》してくれて、僕以外は見向きもしない最高の女性だ。

「ばれちゃった？　なんでかなあ」

「アキさんがロクでもないこと考えてるときは、目つきが色っぽくなるの。モテちゃうからやめて」

「きみが言うほど僕はモテないけどねぇ。それに誰にモテても、僕にはきみしかいないんだから」


彼女は僕を上目遣《うわめづか》いで睨みつけ、そわそわと首筋に手をやる。

真っ白で細い首筋。綺麗な花の茎みたい。優しく触れないとポキリと折れてしまいそう。

コンシーラーとファンデーションで隠しているが、その首筋には小さな二つの牙の跡がある。

とても昔に一度だけ、僕が、つけた。

一度きりなのにもう生涯消えないらしい。

僕の罪の痕《あと》。

「わたしにもアキさんしかいないよ。大好き」

僕は、潤《うる》んだ目をして見上げる華子さんの、熱のない冷たい額にキスをした。

「フユさんやナツさんが来ても渡したりしないからね。覚悟してよね」

首に手を回し、すがりつくようにして華子さんが言う。

「きみを選んで逃げた男をどうして信用しないのかなぁ。僕からもお願いしてもいい？　誰がつかまえに来ても、僕のこと渡したりしないで。どんな交換条件にも屈するべからず。たとえ相手がとびきりのクリスマスプレゼントを持ってきたとしてもね」

笑って応じる。

「クリスマス関係ないし」

華子さんが僕の額に熱いデコピンをかます。痛い。

「それにしてもアキさんは本当にクリスマス好きだよね」

嘆息された。ものすごく年下の彼女なのだが、精神年齢は僕より遥かに上なのだ。すっかり尻に敷かれて生きている。でもそういうのが好きなので悪くない。性癖だ。

胸を張って言えるようなことじゃないが。

「うん。仕方ないよ。何度も言ったけど、僕はクリスマスというものを知って世界が変わったんだから」

隠れキリシタンが独自のマリア像を造って礼拝していたのと同じくらいに、隠れ里のクリスマスは謎の進化を遂げていた。

「手本になるものがなかったから、あんなふうになったのもいまならわかるよ。せめて絵本の一冊でもあれば誤解は解けたんだろうけど、口伝で村に導入されたクリスマスの無残さときたら……」

隠れ里のクリスマスの話は、彼女には何百回と話している。

「サンタクロースは牛に橇《そり》を引かせてた？」

くすくすと笑って彼女が言う。

「そのサンタクロースも七福神の布袋《ほてい》さんにそっくりでかつ唐草模様《からくさもよう》の風呂敷を背負っていたし」

「それでもツリーはあったのよね」

「庭や道沿いに生えている樹木全部がツリーになってた。ただし広葉樹は冬は葉を落として枯れている。寒々とした枯れ木のてっぺんに大きな蜜柑《みかん》を突き立て、降る雪と氷で縁取《ふちど》られた枝に大量の十字架をぶら下げてたんだ。根もとの雪に火を灯《とも》した蠟燭《ろうそく》をお供えして、大人たちはその傍《かたわ》らに、決死の覚悟で『昼のあいだに』子どもたちへのプレゼントを置いた……。地獄のようだったよ、あれは……」

夜中しか生きられない種族が「子どもが寝ているあいだに」プレゼントを置くとは、そういうことだ。

サンタクロースになりきったせいで昼の光にやられて大火傷《おおやけど》を負う大人もたまにでるくらい、覚悟を問われる風習だったのだ。

森に餌《えさ》のない時期だ。鳥や栗鼠《りす》が蜜柑をつつき、あっというまにお手製謎ツリーはみずぼらしくなる。残骸になった蜜柑を串刺しにした枯れ木には、冬の夜に星光を反射してキラキラと瞬《また》く無数の十字架が下げられた。村人たちは十字架にはなんの恐怖心もない。日本で進化したため、彼らは基本は仏教寄りの無宗教なのだ。
そして――たまにサンタになったせいで火傷を負ったり倒れたりする大人に大騒ぎする。
「もうずっとクリスマスって不気味な行事だと思っていたんだ。はじめて村の外に出て、ふつうのクリスマスを見たときは感激したよ」
そのとき――アキの隣にいたのはフユだった。

いま思えばそんなに大きな街じゃない。地方都市の、商店街。てっぺんに金の星をつけて、色とりどりの飾りをぶら下げて、電飾されたもみの木に白い綿が雪を模して飾られていた。赤い服に白い髭《ひげ》のサンタクロース。赤い鼻のトナカイ。星でも月でもない、イルミネーションでチカチカと明るい夜の街がどれほど美しく見えたことか。まばゆかったことか。

アキは、両手を広げて、夜の街とイルミネーションを満喫し――。

輝く光の渦《うず》に感動し、くるくると踊った。

――クリスマスってこんなに綺麗なものだったんだね。

吐息と共に言葉を零《こぼ》した。

知らないものがあまりにもたくさんあるのだと、そのときに悟った。

僕たちは牛乳を飲む吸血鬼だ。人でもない。吸血鬼でもない。半端な存在で、世界から隠れて生きている。

隠れすぎていたせいで、自分はあまりにもたくさんの綺麗なものを知らなすぎた——と。


「僕はずっとなにかが足りないと感じてたんだ。人間になりたかった。そうじゃなきゃ進化していない吸血鬼でもよかった。とにかく自分以外のものになりたいんだなって、それがわかったのはちゃんとしたクリスマスツリーの星を見たとき」


それからアキは毎年、クリスマスを村の外で過ごした。フユとナツも一緒に。互いにクリスマスプレゼントを忘れず贈りあい、チョコレートプレートと苺《いちご》の載ったクリスマスケーキを欠かさず食べた。

クリスマスはアキにとっては特別の儀式だ。自分たちがなにも知らないことを

「知った」記念日だ。

「うん。わたしもそれくらい前からアキさんの側《そば》にいたかったなあ。それで、はじめての本物のクリスマスに感激してるアキさんと一緒に笑いたかったなあ」

「──いま一緒にいるよ。それでいいじゃないか」

そもそもはイエス・キリストの誕生日。

世界中の人に誕生日を祝われる気持ちってどういうものなのだろう。アキだったらそんなのはどうぞ勘弁してくださいと思うところだ。世界中に祝われるのは荷が重すぎる。祝うにしろ呪《のろ》うにしろ世界が相手とは。

「また来年も一緒に祝えるといいな」

「来年も再来年も──百年後も一緒に祝います。きみに捨てられない限り」

アキが言うと、彼女は笑った。

アキがフユとナツの前から姿を消したのはクリスマスイブの夜だ。

その夜、アキの口元は赤い血で汚れ──アキの全身からは死の匂いがしていた……。

*

カタカタカタ……。

闇のなか――伯爵《はくしゃく》は違和感に覚醒《かくせい》する。

丹念に閉ざされていた棺に、一直線の切れ目が走る。

夜明けが近い。薄い光が伯爵の肌をチリチリと刺す。

完全に日が差してから蓋《ふた》を開けられては――塵《ちり》になる。

永劫《えいごう》の命を失うことはいまとなっては怖くもないが、自分を塵にする相手が何者かを知ることすらなく眠ったまま消えるのは――空《むな》しい気がした。

――あの、子どもか？

最後に、伯爵に「ひどいよ」と叫んで去っていった少年。

ひょっとしたら、彼なのではとチラリと思った。

「誰だ。我が褥《しとね》を汚《きたな》らしい手で汚《けが》す者。名を――名乗れ!!」

がばりと起き上がり、伯爵は今宵《こよい》の棺の蓋を内側から開けた。飛び出した伯爵の姿と勢いに、棺に手をかけていた男たちが「ひっ」と悲鳴を上げて後ずさる。

知らない男だ。

が、相手の男が見せた驚愕の表情が伯爵の背筋を震わせる。

昨今、誰からも怖れられず、尊ばれないことが多かった伯爵の自尊心が、男の発した戦《おのの》きによって満たされる。

「うわあっ。なんだよ。びっくりするだろうが」

どうやら男は、伯爵の棺を運ぼうとしていたようだ。やたらに揺れていたのは寝ているあいだに移動していたせいらしい。

「ふふふ……。怖いか？」

マントで口元を覆《おお》い、静かに笑う。

夜は伯爵の領土だ。闇夜に輝く赤い双眸《そうぼう》。口元から覗《のぞ》く尖《とが》った白い牙。

「さもあろう。闇は我が故郷。高貴なる血を継ぐ我の圧倒的な存在感に平伏《ひれふ》すが良い！　愚民！」

男は——眉根を寄せた。

「……やけに重いと思ったらそういう？　なんで？」

少し先に車が止まっている。ライトが細長く丸く、地面を照らしている。短く二回、クラクションが鳴った。するすると運転席の窓が開く。

「なにやってんだ。朝になっちまう」

「あ……ああ。でも人が」

狼狽《うろた》えた男に、運転席から怒鳴り声が響いた。

「見てればわかるっつーの。人が入ってるのって、意味わかんないし、やばいって。どっちにしろ金になんないのわかったんだから、そんな奴に関わるな。いいからそこに捨てて、来い。いくぞ」

言われて、男は慌《あわ》てた顔になり走って車に乗り込んだ。

Uターンして車が走り去る。

排気ガスの臭いだけが、残った。

「ここは……何処《どこ》だ？」

伯爵はゆっくりと周囲を見渡した。

伯爵の今宵の棺は、細い轍《わだち》のできた砂利道の端に、蓋を開けた状態で放置されている。視線を上げてまっすぐ前を向く。

伯爵が立っているのは、両脇を山に囲まれた窪地《くぼち》だ。

ぽっかりと抉《えぐ》られたような谷の底に、小さな山のシルエットが浮かび上がる。

「まあ、良い。ここが何処であろうといまは眠るだけだ」

世界は伯爵に開かれている。さすらい続ける伯爵にとって地球上のあらゆる場所がねぐらであり、我が家だ。

夜が訪れる地でさえあれば——そこは伯爵の城。

とにかくいまは、朝日が昇る前に伯爵は棺に横たわり眠らなくてはならない。

できるだけ日が差し込まないような場所をと、探る。棺を抱えてずるずると引きずって歩き近づくにつれ、山と見えたシルエットの全貌が露《あら》わになっていく。

それは、ある意味では、人工の山だった。

「なるほど。ここは、墓所のようなもの……か」

自然のものではなく、人工的な――疲れ果て、使命を果たしたものがしんとして眠る場所だ。

――我が眠るのにはふさわしい場所かもしれぬ。

ひとつ、うなずき――。

伯爵は棺をおろして、なかに転がり込んで蓋をゆるりと閉める。伯爵のサイズには足りず少し狭いが、窮屈《きゅうくつ》にみっしりと詰《つ》まる感じは嫌ではない。指先に小さな布の袋が当たる。どうやらたくさんの布の袋が棺のなかにしまい込まれているようだ。特に気にもならないので放置する。

今度は誰にも起こされないようにと内側から目張りを施《ほどこ》し、静かに目を閉じた。

# 4

芸術は爆発――らしい。

「そして化学は――蒸発だねっ」

ハルはハキハキと言い切った。ノートに書き込んだ化学式。モバイルからハックして入手した有名企業や大学の研究室の論文や実験データや機密事項。ありとあらゆる可能性をしらみつぶしに、手当たり次第にあたっているが――。

「とうとう爆発すらしなくなったか……」

フユが眉間《みけん》にしわを寄せ、うなる。

ハルの目の前には空《から》っぽのビーカーがある。

さっきまで淡い桃色の綺麗な液体に満たされていたのだが熱を加えたらあっというまに蒸発して中身が消えてしまったのだ。

『マジックアワー』の店を閉め、音斗が眠りについている夜明け前のリビングである。

「おっかしいな。この温度で蒸発するはずないんだけど一瞬で消えた。認めたくないことだけど〜、僕は科学と工学は得意だけど化学は秀才程度なのかもなぁ。……んー、だけど認めない。自分にできないことがあるなんて！」

「ああ。ハルは天才を超える大天才だ。他のことはこの際ほとんど目をつぶってやる。だからこそ化学では不可能を可能にしてくれ。頼む」

「頼まれた〜。知ってることでも人に言われると気持ちがいいな。僕は天才さ。フユもっと僕を誉めて誉めて〜」

「ハル天才だ大天才だ天災だ天才だ」

うんざりした顔をしながら棒読み口調でフユが言う。

「合間に誤変換入ってる気がするけど大丈夫？」

「活字にしないと理解できないような妙な読解力は見せなくていいっ」

フユが低く叱責《しっせき》し、拳骨《げんこつ》でハルの顔を挟《はさ》んで、こめかみをぐりぐりとする。

「イテテテ。暴力反対。もうっ」

ぶつぶつと文句を言いつつもハルはノートのメモを見直す。他はさておき発明についてはハルはいつだって真剣だ。

　他人には無意味なアルファベットと数字の羅列をひとつひとつ確認していく。くるくるとシャープペンシルを指先でまわし――。

「あ……もしかして、必要なのはあのDNAなのか～。いまだ人類には解明されてなくて、僕たちも解明していない特定物質、かつどう考えてもこの薬には重要なポイントであろうDNA～。人類と僕たちをつなぐ失われた輪のひとつ～。いや、失われてはいないのかな？」

「わかるように詳しく説明してくれ」

「わかるように悔《くや》しく説明しちゃうけどさ～。うぉ～ん、だけど僕らが進化したことから考えると、すっごっく納得いかないし、キーッとなるけど、どうしようもないし～」

　悔しそうに顔をしかめてハルが言う。

「この薬を完成させるには伯爵《はくしゃく》のDNAの解析が必要。たぶんあいつの血清を加えることでこの薬は完成すると思う。それがないからいままで隠《かく》れ里《ざと》で作成されてきた試薬は、みんな重篤《じゅうとく》な副作用が出たんじゃないかな。僕らは『オールドタイプの吸血鬼』よりずっと人に近い。でも完全には人じゃないし、人じゃない部分が僕らの特徴。僕らと、人とをつなぐ過程に必要なのは伯爵たち『オールドタイプ』の遺伝子だ」

「……伯爵？　あのチンピラヤンキー野良血舐《な》め男か!?」

「うん。伯爵の血清の解析を進めて研究したらきっと——僕たち種族が、副作用なく『人間』になれる薬を作ることができると思う。それだけじゃなく、僕たちの血と伯爵の血を研究していったら、吸血鬼っていうものを根本から変えることも可能かもしれない。伯爵が執拗《しつよう》に音斗くんのことを狙ってるのって、あれってなにかの本能に動かされてるのかも〜？　僕たちの先祖が昔、なにかのタイミングで進化してきたのと同じに、伯爵も僕たちの血で変化するのかもしれない。この仮説かなり自信あるよ！」

ハルの言葉に、フユが目を見開いた。

＊

カタカタカタ……。

風がうなり――伯爵は棺の蓋《ふた》を開ける。

夜である。

ゆっくりと起き上がった伯爵は翻《ひるがえ》るマントの前をかきあわせる。


あらためて見回す。

ここは――ゴミの山だ。

壊れたものばかりが積み上がってできた山である。冷蔵庫にテレビ。自動車まである。

居心地は悪くはない。良くもないが。

ずいぶんと遠くまで運ばれてしまったようだ。使い魔である猫たちの気配も感じられない。

「街中《まちなか》にいたところで誰に会うわけでもない。だとしたらここでしばらく過ごすのもいいのかもしれぬ。どうせ何処《どこ》にいたって同じなのだから」

問題はこれから冬が来ることだ。山のなかの谷間であるこの地は、冬の訪れと共に雪に閉ざされるに違いない。伯爵は熊ではない。棺ごと雪に埋まってそのまま春まで眠り続けるわけにもいかないのだった。

「雪が降ったときに考えれば良いことだな」

積雪しそうになったときに、棺を背負い移動すればよい。それまではここで寝起きしてもかまわない。

時間はたっぷりとあるのだ。

そして——歩いていけばいつか何処かに辿《たど》りつく。

世界は地続きで、何処までもつながっているものなのだから。

*

土曜の昼過ぎだ。

部活が終わった岩井《いわい》を交えてみんなが学校校門前に集まった。

――守田《もりた》さんは、来てないんだな。

集まった女子のなかに守田の姿はなかった。櫛引《くしびき》と西野《にしの》と飯田《いいだ》の三人の女子を眺《なが》め、しゅんとする音斗《おと》である。

岩井とタカシがなにかを察したのかテンションを上げ気味で盛り上げてくれる。

「ドミノ。今日の紫外線、どうよ？」

「普通」

「普通か」

落ち込んでいられないなと日傘を差し、ピンポン球をひょいっと投げてくるくると回してみせた。日傘芸を地道に仕込んでいる音斗なのである。

岩井が「お、いいねー」と笑顔になった。

なんとなくみんながパチパチと拍手をしてくれて、音斗はひらっと帽子を脱いでエレガントにお辞儀をした。

――悲しいことがあったって、前向いて進まないと。

するっとそう思った。岩井とタカシがいるから。

それしかできないからそうするんじゃなく――明るく前に進みたいという意志を持って、そうしたいのだ。

「ドミノ氏、雰囲気が前と変わったわ。違う電波を感じる」

飯田が眉間にしわを寄せて言う。

「電波は変わってないよ。もともと電波は飛ばしてないと思うんだ、僕。でも強《し》いていうなら日傘を変えたよ。前のは白くて今日のはクリーム色だよ」

フリルと刺繍《ししゅう》つきだ。正直、もっと大人っぽくて男らしい日傘にしたかった。でもハルがこれを押しつけてきたのだ。

「なるほど。それね」

「前に使ってたやつ、泥はねの汚《よご》れがついて、落ちなかったんだ。汚れた日傘なんて……ってハルさんがこだわって。なんだか、車の泥はね運転は行政処分で反則金をとられるんだってね。僕の日傘を汚した車の持ち主を捜しだして訴えてやるって言ってたから、大事にしないでいいよって言って止めたんだよね。泥はねのトラックの会社の住所は調べたって威張《いば》ってたから、必死で『訴えたりしないでね』って止めたんだ」

「訴えてもいいのでは？」

不思議そうに聞く飯田は、ハルのハルたる所以《ゆえん》を知らないのだ。

「ハルさんってお祭り騒ぎが大好きだから、なんでも大きくしちゃうんだ……。法に訴えるならまだしも、違う形でなにかに訴えかねないんだよ。ぐちゃぐちゃにしちゃうの。もう二度と悪いことしないっていう気になるまで徹底的に痛めつけちゃうの……」

しかも、斜め下の方向に向かって――。

「ドミノさんもいろいろと大変っすね」

タカシがしみじみとそう言った。

「まあね。でもこれはこれでいいかなって。ハルさんから学んでるところも、たくさんあるし……」

音斗は肩をすくめ、明るく言う。

「ま、いいじゃん。とにかく、いこうぜー!!　目指すは真駒内《まこまない》～」

岩井が「えいえいおー」と拳《こぶし》を天に突き上げた。

調べたところ、中央区《ちゅうおう》から出た「燃えないゴミ」は南区《みなみ》真駒内の粉砕工場で処理されるらしい。

工場は日曜が休日なので、今日を逃すとあと一週間先になってしまう。

陸上自衛隊の基地がすぐ側《そば》にある、山のなかだ。地下鉄に乗って終点真駒内駅。そこからさらにバスに揺られる。

ゴミの施設だというから混沌とした不気味な場所を想像していたけれど、そんなことはなく近代的な普通の工場だった。

唯一それっぽいのは荷台にゴミを載せた大きなトラックが道路を行き来していることくらいだ。

徒歩でここに来る人が少ないのだろう。どこから入ってなにをしたらいいのかわからず音斗たちはうろうろと入り口をさまよった。少し先にいくつもの看板を掲げた小さな建物がある。

「あれなんじゃね？」

と言った瞬間に岩井は建物に向かって走りだしていた。

「岩井くーん。待ってよー」

曇天《どんてん》だけれど日傘を差して歩く音斗は、いつもみんなから遅れてしまう。

それでもゆっくり進む分、岩井たちよりじっくりと全景を眺めることができるのだ。看板に記載されている『計量中はこの位置でお待ちください』という文字や、物々しい『警察官立ち寄り所』の案内などにチェックを入れた音斗が辿りついたときには――建物のなかから係のおじさんが出てきて、岩井たちに話しかけていた。

「ゴミを持ってきたんじゃなくてゴミを捜しにきた？　なに言ってるんだ？」

ヘルメットをかぶった作業着姿のおじさんが怪訝《けげん》そうな表情を浮かべ、音斗たち中学生ズの顔を見回し――一番最後にしげしげと音斗を上から下まで眺めた。

「すみません。僕、紫外線アレルギーなんでこんな格好してて」

「ああ。アレルギーか。マスクちゃんとしといたほうがいいよ。ここは粉砕工場だから埃《ほこり》アレルギー持ちはつらい。たまーにアレルギーある奴がゴミ持参で来て、目を腫《は》らして帰ってくことあるからなあ」

「はい。気をつけます」

頭を下げると、櫛引が切々とおじさんに訴えた。

学校で捨てた粗大ゴミの行方を捜していること。心当たりがあったら教えてほしい、と。

「……たまーにいるんだよな。本当にたまーにそういう奴が。間違って捨てたとか、親やら嫁さんやらが間違って捨てたとかって大事なもんを捜しに来る奴。でも見つかったことなんてない。あきらめな」

無理だってと片手をひらひらさせて、苦笑いつきでおじさんが言う。

「捜してみなきゃわかんないっすよ」

「そうです。お願いします」

一斉に頼み込む中学生ズに、

「だってなぁ。あのな、あそこの大きな入り口あるだろ。あそこから入ったなかがゴミ処理の工場なんだ、広さ伝わる？　無理だろ」

と苦笑したままの顔で応じる。

「楽器ケースを捜しているんです。コントラバスっていう楽器の、とても大きなケースです。こういうやつ」

音斗は、櫛引と西野が持っていた写真を拡大してプリントアウトして持参していた。取りだしておじさんに見せる。人物対比でコントラバスケースの大きさがよくわかる。

「そんなもん見せられたってわからんよ。ゴミはみんなああやってトラックに積まれてくるんだ」

さっと片手を上げて、傍《かたわ》らを通っていったトラックを指さす。

話しているあいだにもすぐ横を大きなトラックが通り過ぎていく。エンジン音とタイヤの音。のしのしと歩く恐竜みたいな地響きが伝わってくる。

「だいたい粉砕工場のなかになんて入れられないよ。子どもだからってわけじゃなく、大人だって入れたりしない。作業の邪魔だし、なにかあったら責任とれないだろう?」

「粉々にしちゃう前の——積んである場所の見学はできますか?」

「見学? たまーにいるんだ。そういう奴らもたまーにな。自由研究とか、親子でだったり子ども同士でだったりな。社会科見学ってやつだな」

——さすがにここに持ち込まれたら、もう見つからなさそうだなあ。

広大すぎる。

「先週の水曜と木曜に捨てたゴミはもう粉砕されてますか？」

音斗は考えながらそう尋ねた。

「木曜に回収したものはもう、つぶしてるなあ」

櫛引たちがハッと息を飲んだ。望みを失い、櫛引と西野は見る見るしおしおとうなだれていく。飯田は眉間にしわを寄せる。

ゴゴゴゴゴとタイヤを鳴らして音斗たちを追い抜いていくトラックを見上げる。緑の巨大な扉の手前でトラックが停止する。扉が横にウィーンと開く。ヘルメットをかぶって誘導灯を持った男性がトラックに合図する。大きな施設のなかにそのままトラックが乗り入れていく。

「おじさんはゴミの達人ですよね。粉砕工場の守護神なんですね」

「守護神……。なんだそりゃ。あれか？　サッカーのゴールキーパーみたいな？」

仏頂面《ぶっちょうづら》で辟易《へきえき》したように言う。

会話を続ける音斗の横で岩井が焦《じ》れたように足踏みをした。

「うー、なんかわかんないけど、捜せるか捜せないかはやってみないと。まず挑戦させてくれよ。バッターボックスに立ってみなきゃホームラン打てるかどうかわかんないじゃん。打てるかもしんない可能性をつぶさないでくれよ。あのなかに俺たちを入れてくれ」

そして、岩井は真《ま》っ向《こう》勝負で挑《いど》む。

おじさんの目がキラリと光った。

「お……ボウズ、野球やんのか？」

「やるよ。野球部だもん」

おじさんがいきなりニカッと笑った。

「いいね〜。最近の子どもはサッカーばっかりで野球しなくなったかと思ってたよ。おじさんも好きだよ。野球。ボウズが応援してる球団はどこだ？」

「ファイターズに決まってんじゃん!!」

きっぱりと言い切った。

あ……と音斗は思う。姑息《こそく》に、相手の様子を窺《うかが》って、好きそうな球団を言うべきじゃないんだろうかと、ひやひやと考えてしまう。

けれど——。

「俺もだ！　よし。気に入った。なかに入れてやる。おじさんが案内してやる。ちょっと待ってろ」

ヘルメットのおじさんは、小屋へといったん戻り、ドアを開けてなかにいる同じ格好をした同僚に声をかける。

「社会科見学の中学生六名な。案内してくるわ。用紙を書いて……と。ほら、おまえら名前書いて」

手渡された紙に順番に名前を書いた。

「ま、見つからないと思うけどバッターボックスには立たせてやりてーからなあ。そうか。そうか。野球が好きな少年もまだいるんだよなあ」

「ファイターズのことはみんな好きだろ？　なんせ地元球団だし。俺、サッカーも別に嫌いなわけじゃないけどさ、でも野球は別格なんだ」

「そうか。そうか〜。たま〜に、そういう子ども見つけると嬉しくなっちゃうんだよねえ。おじさん」

岩井とおじさんが肩を並べて歩きだした。後をついていくみんなが同時に親指を立てて「岩井くん、グッジョブ」「さすが岩井っち。ここぞっていうときに平気な顔でホームランを打つ男っす」と小声で岩井を讃《たた》えた。

ウィーンと開く緑のドアのなかへと入り——作業する人たちの邪魔にならないように、積み上げられたゴミを眺める。

腕組みをしておじさんがぐるっと周囲を見渡した。

「——で、どうよ。バッターボックスに立ってみて。捜せないっておじさんが言った理由、わかるだろう？」

「うん」

悲しいかな——全員の声が揃《そろ》った。

——でも、なにか見つからないかな。

岩井が打ってくれた球を、次につなげたい。音斗は必死で積み上げられたゴミを凝視する。プリントアウトしてきた楽器ケースと同じものはないだろうか。

「札幌《さっぽろ》市の粗大ゴミの全部が全部、ここに来るわけじゃないですよね。市内の粉砕工場以外のところに持っていかれたり、それとも盗まれたりしてることもありますよね？　ゴミ捨て場に置いたこの楽器ケースが途中で行方不明になっちゃったみたいなんです。そういう場合、誰が盗んでどこに持っていくみたいな、ルートってないんでしょうか。たとえば密輸する人たちには特別な密輸ルートがあったりするでしょう？　犯罪組織的な、なにかが」

藁《わら》をもつかむという感じに、音斗はプリントアウトを見せてヘルメットのおじさんにすがった。

「最近、大型ゴミが積まれたトラックが盗まれたりは……してないですよね？」

「してるわけないだろ。いままでそんなことはなかった。トラックなくなったらニュースになってる」

「そうですよね」

「ああ……だけど犯罪組織はあるなぁ」

「あるんですか？」

「違法業者な。粗大ゴミの回収は、普通は行政に指定された業者がやってる。なのに、たまーに違法業者がこっそり人のところのゴミを盗んで売り飛ばしたりするんだ。よく『無料で回収します』って音声流して走ってるやつ、あれが危ない。無料って言っといてあとから高額の請求をしてきたり、悪徳な業者もあるから、気をつけないと。ただより高いもんはないいんだ」

「――あ！」

おじさんの説明を聞き、音斗の脳裏に記憶が蘇《よみがえ》る。

――僕たちの学校の付近を走って回っているトラック。学校帰りに通学路を通り過ぎていって泥はねしていったあれだ。

「どうした、ドミノ？」

「ねぇ岩井くん、タカシくん。僕たちその悪徳業者かもしれないトラック見てるよね？　通学路をたまにぐるぐる回ってるやつ」

「うう？　ああ、見てるかも」

「見てるっすね。そっか。ドミノさん……。あのトラックが学校から出した粗大ゴミを盗んでいったかもしれないっすね」

――可能性は、ある。

「僕、電話番号覚えてるよ。何回もくり返してたから覚えちゃった。『ご用命は090――』だよね」

独特の抑揚《よくよう》つきで番号を口にする。

「ほお。ボウズは記憶力がいいんだな。よーし、ついて来い。悪徳業者のやつらについちゃ、おじさんもいろいろと思うところがあってな。一応、調べてみたことはあったわけだ。業者がどこにあるかとか、そういうのをな。調べただけで力尽きたがな」

おじさんはくるっと振り返って、工場を出ていく。

音斗たちは、おじさんの後をついていく。もとにいた小屋に戻り、なかから紙を一枚持って外に出てくる。

「おじさんが知ってるだけのゴミ捨て業者の連絡先だ。ボウズが言ってた電話番号の業者はあるか？」

ずらずらと書き記された業者名と電話番号とを上から順にチェックして——。

「あった！」

全員の指がひとつの企業名をさした。

「名前を確認した程度じゃ、バッターボックスに立つ手伝いにもならんかもしれねーけどな。こういう業者は所在地を明かしてねーからな。リサイクルで売り飛ばしたり——売り物になんないってときは山んなかに違法でゴミ捨てにいったりすんだよな。その捨て場所もわかりゃしねーし……」

「そんなことないです。僕たち、バッターボックスに立てて、もしかしたら塁《るい》に出られるかもしれないです。おじさん、ありがとうございます!!」

音斗は紙を指でしっかりと摑《つか》んで、相手を見上げた。

業者名と電話番号があれば、あとは所在地やゴミ捨ての場所くらいまでずるずると探りあてられるような天才が――『マジックアワー』で音斗たちを待ってくれているのだ。

勢いづいて『マジックアワー』に戻る面々だった。

昼間は寝ていることもあるハルだが今日は起きていた。ダイニングテーブルの上にビーカーやフラスコが並び、部屋が実験室みたいになっているし、変な臭いが立ちこめている。

ぞろぞろと入室する中学生ズに、目の下にくまを作ったハルが「いらっしゃーい。なになに。僕に会いにきたの？」といつも通りに笑う。

「そうっす。ハルさんに頼みがあるっす」

「ハルさん。ハルさん。調べて欲しいことがあるの。このあいだ僕の日傘に泥はねしたトラックの会社の場所とか教えて。名前と電話番号は知ってるんだ。これ」

差し出した紙に書いた会社名。該当のそれには、アンダーラインを引っ張っている。

「あ、これ？　いいよ。住所と地図。もう調べてメモってたから。はい」

ハルはごそごそと戸棚の奥からメモを取りだして音斗に手渡す。

「おおおおおおおお」

周囲がわっと沸《わ》きたった。

「あれ、ハルさん。これって住所が二箇所書いてあるけど？　しかもひとつは江別《えべつ》だよ？　あと電話番号もふたつあるね」

「その会社、売れるものは売りとばすけど、売れないものはそのまままとめて山んなかに投棄してるんだよね。廃棄はお金払って手続き踏まないと違法だけど、いちいちそんなことしてたら赤字になるからだよね〜。江別のほうが事務所。札幌市南区がゴミ捨て場。電話はひとつは無料ゴミ引き取りしますっていう、営業用の電話で、決まったテープが対応して携帯につながるやつね。もうひとつは事務所に直《じか》につながる電話」

「へ〜。さすがハルさん」

誉めるとハルは気を良くして胸を張った。

「そそそ。さすがな僕さ！　売り物にならないすごく旧式の大型冷蔵庫を試しに囮《おとり》としてGPSつけて出したら、まんまと引っかかって勝手に拾ってたのさ〜。江別に移動してから、売り物にならないなってことになって、南区のゴミ捨て場に移動したので両方場所が発覚〜。ゴミ投棄してる違法業者だよって場所ごとチクってやろうって、チェックしてたんだ。僕の意に沿わないことをする悪は滅《ほろ》びろなのさ〜」

ハルは目をごしごしと擦《こす》って尋ねた。

「そういえば、僕も音斗くんに教えてもらいたいことがあるんだ」

「なあに？」

「伯爵の居所、わかる？」

「……伯爵？」

「僕たち——伯爵に用があるんだ。どうしても伯爵と会って確かめなくちゃなんないことがある」

――「僕たち」ということは、ハルさんやフユさんたちが？

「知らないんだ。捜してるんだけど」

「やっぱりそうなんだ？　太郎坊《たろうぼう》と次郎坊《じろうぼう》も奴《やつ》の足取りが水曜の夜で途切れて、そこからつかめてないって言ってた。どうしようかなあ。音斗くん、見つかったら僕に教えてくれる？」

「僕も捜してるから、見つけたらハルさんに教えるのはいいんだけど。ひどいことしないよね？」

　おそるおそる音斗は問う。ハルたちが伯爵にしてきたことを考えると、知っていたとしても素直に伝えられない感じが……。

「ちょっと人体実験したいだけだから、たいしたことないよ。頼むね」

「え？」

「ふぁ～。眠い。寝ないと倒れる。みんなわざわざ会いにきてくれたのにお話できなくてごめんね～。僕が倒れると世界の発展速度に問題が起きるから、ここは寝ておかないとなんだ。……ううう。面倒くさいけどビーカーは片付けないとフユに怒られる。あとは……起きてからでいいや。おやすみ」

言いながらビーカーとフラスコだけは片付けて、そこで力尽きたみたいだ。モバイルもスマホもすべて置き去りにして、ハルがふわふわと部屋を去っていった。


そのまま住所を目当てに違法業者に出向きたいところだったが――江別市も南区もここからは遠いのだ。

両方は無理。片方だけでも、いまからだと帰宅する頃には暗くなっているだろう。なんとなく顔を見合わせ「手分けして、明日にしようか」ということになった。

でもその前にせめて電話だけでも――とタカシが連絡を取ってみる。スピーカーをオンにしてみんなに聞こえるようにして電話をかけた。

「はい。向井《むかい》興業です」

低い男の声が響く。

「あの……ゴミの収集のことで聞きたいことがあって」

「はい？　なんでしょう」

警戒するような声音《こわね》になった。

「札幌市中央区の中学校で、コントラバスケースを間違って捨てたんです。それを持っていってませんか？　捜してるんです」

「コントラバスケース？　はあ？」

「楽器のケースなんです。ヴァイオリンみたいな弦楽器だけど、大人の人の身長を超えるくらいの大きさがあるやつで」

「……っ」

一瞬、息を飲んだ音が聞こえてきた。

そのあとで、

「いや、知らねぇわ。特殊な楽器は引き取っても直せないし、売れないんで扱わねぇんだわ。間違って引き取ってきた奴がいたら、そいつを叱《しか》りつけるくらい厄介《やっかい》もんだ。うちにはねぇよ」

「そうですか。厄介ものってことは……間違って収集した人はあらためて粉砕工場に直参《じきさん》で持っていって捨ててるってことですかね？　手間がかかりますよね」

「……っ、ああ。そう。捨てさせてるよ」

また、一拍。

嘘《うそ》をつきなれていない人が、嘘をつくのに必要なくらいの「間」の置き方だ。

「――捨て直してるんですね」

「ああ」

電話をしているタカシに、音斗は親指を立てて「グッジョブ」の合図を送る。

「ありがとうございました」

と電話を切ったタカシと音斗たちはハイタッチをする。櫛引や西野も笑顔だ。

「ハルさん調べでいくと、わざわざお金出して粉砕工場で処理はしないっていうことだから――」

音斗が言う。

「この用紙に書いてある南区のゴミ捨て場に持っていって投棄されてるっぽいっすね。てことは、粉々になってないだろうし、捜しにいったら見つかる可能性は大きいっす」

「タカシシ氏。いいところに気づきましたね。電話対応も完璧電波でした」

「シがひとつ多いっす……。あと電波もないっす」

言い返すタカシに、飯田がニッと笑った。

「シの多さにも気づくとは！」

「普通にしてたら気づくっす」

「ぽ」

飯田が両手で頰《ほお》を挟み込みそう口にして顔を赤らめた。

「え？」

「ぽ」

二度目の「ぽ」にタカシが目を丸くした。

「えっ!?」

なんだか――妙な電波が、タカシと飯田のあいだを流れはじめていた。

# 5

カタカタカタカタ……。

雪の匂いがし、夜空を見上げた伯爵《はくしゃく》の手のひらに、白い欠片《かけら》がひらりと載った。

「む」

伯爵は手のひらの雪の結晶をしばらく睨《にら》みつけてから、棺の蓋《ふた》を閉めて、背負う。持ち運びに便利な棺である。きちんと背負って歩くための紐《ひも》がついている。

何日、ここで過ごしていたのかはわからなくなっていた。たまにトラックがやって来てガタガタと地面を揺らす以外は静かないい場所だった。夜に起き、山林をさすらい、夜明け前には棺のなかに閉じこもって眠りにつく。そのくり返しだ。

山の奥の深夜はさほど静かではなく、獣たちの息吹があちこちから聞こえてきて、うるさいくらいだった。

——雪さえ積もらなければ、いっそ山に閉じこもり暮らしていけるのだが。

降り積もりはじめた雪を恨《うら》めしく眺《なが》め、歩いていた伯爵の視界が急に大きく開けた。

広い道路に行き着いた。その先には巨大なダムがあった。

――人の匂いがする。

くん……と鼻腔《びこう》をくすぐるのは人の血の匂いだ。もうずいぶんと長くまともに血を吸っていない。伯爵は美食家で、濁《にご》った血など欲しくはないのだ。かぐわしく愛おしい滋味の血を求めると、吸血の間隔はあいてしまう。適した血の持ち主は現代社会には少なすぎる。

最後に伯爵の唇を湿らせたのは――少年の血の一滴。

あれ以上に甘露《かんろ》な血を伯爵は知らない。

時間が経てば経つだけ、舌先に残った血の一滴が胸の奥まで染み込んでくる。思い返すと身体《からだ》が震える。味だけの問題ではない。

少年からは、たしかな「命」を受け渡された気がしたのだ。

以来、伯爵の脈打つはずのない心臓がコトコトと音を鳴らしはじめた気がする。

日中に出歩こうなどと考えたこともなかったのに、朝の光が差し込む時間にそわそわするのだ。

もちろん昼間の外は歩けない。

歩けないのに――歩きたいと思うようになった。棺の蓋の隙間《すきま》から零《こぼ》れる細い糸のような光がチリチリと肌を灼《や》いていても。


坂道を歩いていく。木造の大きな家屋に明かりが灯《とも》っている。

家屋に掲げられた木造の看板には『豊平峡温泉《ほうへいきょう》』と記されている。

獣がたてるのとは違う喧噪《けんそう》が耳に飛び込む。道具を使う音。人の話し声。二足歩行の足音。ぱたぱたとどことなく頼りないリズムで地面を蹴って駆け寄ってきたのは――彫りの深い顔の異国の若者だ。まだ幼さの残る顔に驚きを浮かべ、

「誰？　ナニ？　楽器弾《ひ》く人？」

と、伯爵に問いかけた。

黄色いシャツに緑のエプロン。頭には白いシェフ帽子をかぶっている。

――なんだ。この匂いは。たしか……カレーとかいう食べ物だったと思うが。

香辛料を利かせたその料理を人間たちは好んで食べていた。伯爵はニンニクが苦手で、匂いを嗅《か》ぐだけで具合が悪くなる。カレーの香りにくらくらとして後ずさる。

「待って。バスもうないよ？　歩いてきたの？」

「う……」

人の血の匂いの懐《なつ》かしさにさまよい出たが――それと同時に強烈にカレーの匂いがする。どうしてこの場所に近づいてくるときに気づけなかったのか。

ひくひくと鼻をうごめかす。ここにいる人たちの血はとても健康的でかぐわしい。伯爵にとっては蠱惑的《こわくてき》な、エネルギッシュで清らかな香りすぎて、カレーの香りを凌駕《りょうが》している。そのせいだ。

だが――人の血のなかで、唯一、青年の放つ香辛料の匂いは強烈だった。

出で立ちからして――カレーを作る側なのだろう。

「外国の人？　おんなじおんなじ。ボクね、インド人。あなたどこから来た？　ボクはいまね、ここでカレー作ってる。あなたは流しのギター弾き？」

人懐《ひとなつ》こい仕草で伯爵の背中にくるっと回って覗《のぞ》き込《こ》み、笑顔になる。

「ギターなど弾かぬわっ」

「ギターじゃないね。これもっと大きな楽器だ」

「楽器ではない。これは我が棺。触《さわ》るなっ」

「大事なの？　そう。じゃあ触らない。あなたよく見たらボロボロね。すごく……汚れてる。バスに乗るお金もなかったの？　高いからね。交通費。カレー食べる？　カレーならボクのまかないあげるよ」

「施《ほどこ》しはいらぬ！」

「じゃあ温泉入りな!!　おんなじ、おんなじ。ボクもこっちに来たとき疲れてた。日本いい国だけど、ときどき疲れる。お金かかる」

ニカッと笑うと白い歯が光る。伯爵の肩をばんばんっと叩く。

「温泉？　それは……なんだ？」

「温泉知らないの？　人生損してるよ。入るべき！　健康になるから。疲れもとれるし。タオルとシャンプーのセット、ボクの貸したげるから。いっといで」

手をとってずんずんと伯爵を引きずっていく。

青年の全身からむわんっと漂《ただよ》う香辛料の香りが、伯爵の抵抗力を奪う。よろめいているうちに入浴セットなるものを手渡され、

「温泉代はおごったげる。旅は道連れ世は情けっていうらしいよ。日本で教わった。服、脱いで入るんだよ。ゆっくりね。疲れとって、そこで寝て、また出かけるといい。いろいろあるよね。生きているといろいろ」

と背中を押された。

十分後――伯爵は、はじめての温泉というものを味わっていた。

露天風呂である。

外の空気は寒いが、湯につかると皮膚《ひふ》のなかにじわりと温もりが染み渡ってくる。石と樹木をあしらった日本庭園の真ん中に、無色透明で無臭のあたたかい湯が張られている岩風呂だ。見上げると星がキラキラと輝いている。傍《かたわ》らで、水車がからんからんと回っている。

「む。しかしこれは――」

伯爵の他にも数人の男たちが湯につかっている。どの人もみな、内側から健康的な香りを漂わせている。

「なるほど。この湯が、人を健康にさせているのか。それでここに集う人間たちの血からはこんなにいい匂いがするのだな……」

伯爵の全身から無駄な力が抜けていく。

ぶくぶくぶく……。

鼻の下あたりまで顔を湯に沈め、手足をゆったりとのばした。自然と「ふぅ～」と吐息が零れた。

「……温泉か。いいものであるな」

＊

夜になると、雪が降りはじめた。

そろそろ根雪になるかもしれない。

窓から外を眺める。暗い空から白い雪がゆらゆらと降り注ぐ。窓硝子《まどがらす》に貼りついた雪は、結晶の形だ。するりと形を歪《ゆが》ませてゆっくりと溶けて水滴になって、滑《すべ》り落《お》ちていく。

いつものように音斗《おと》はフユたちを起こした。

「このあいだ頼まれたコントラバスケース。もしかしたら見つかりそうなんだ。ハルさんのおかげだよ」

「ふぅん。ハルは調べ物が得意だからな」

「でもね、僕たちもがんばったんだよ」

起きてきたフユが、音斗の報告を聞いて険《けわ》しい顔になった。

「音斗くん、まさかと思うけどみんなでその山のゴミ捨て場にいこうとか言いださないよな？」

「え……？　明日みんなでいこうとしてたよ？」

ハルはまだ寝ている。ナツは起きてはきたが、寝起きに弱いこともあり、ぽよぽよとして、大きなぬいぐるみみたいに椅子の上に座ったままにこにこと話を聞いているだけだ。

「違法なことをしている業者なんだよ。そこに中学生が紛《まぎ》れ込《こ》むなんて危ないに決まっているじゃないか。相手の業者がどんな奴かわからないうえに、ゴミの投棄場所なんてどんな危ないものがあるかわからない。しかもこの時期に山のなかって、熊が出たらどうするんだ。ハルはどうして音斗くんにひと言、忠告しなかったたんだ？　駄目だよ。子どもだけでいくのは禁止」

「え〜。フユさん、僕たちいままでいろんなことしてきたよ？　ちゃんとやり遂《と》げてきたのに」

音斗には「岩井《いわい》とタカシと三人でいろんなことをしてきた」という実績と自負がある。頭ごなしに危険だと決めつけられて、少しむっとする。

「信用はしてる。それとこれとは別」

ピシリと断定され音斗にしては珍しく口を尖《とが》らせた。

「フユさんて実は過保護だよね」

「過保護でけっこう。危ない目に遭《あ》いそうな可能性が高いときは止めるさ。それが普通だ」

「伯爵のことは捜してくれって言うのに？」

「伯爵は危なくないからな」

「吸血鬼なのに!?　ゴミ捨て場と吸血鬼だとゴミ捨て場のほうが危険度が高いの？」

「その通りだ」

——伯爵が聞いたら落ち込むだろうなあ、これ。

フユからナツへと視線を向ける。ナツも真面目《まじめ》な顔になり「その通りだ」とうなずいている。

「ゴミ捨て場については、みんなではいかないことにする。わかったよ。女子も一緒だし、なにかあったら僕に守れるかわかんないもん。車じゃないといけなそうな場所で、山のなかみたいだし。そうなるといつ捜しにいけばいいの？」

「俺たちは日中いけないし、夜は働いてるしな。考えておく」

「根雪になっちゃうからそんなには待てないよ」

「ああ」

いったん、会話が途切れる。

「あのね、それとは別の話をしてもいい？　伯爵のこと」

「ああ」

「ハルさんが人体実験するって言ってたんだけど……？」

「……ハル。なんでまたそんなことを音斗くんに。大丈夫だ。人体実験なんてしないから」

フユが天を仰《あお》いで嘆息した。ナツがおろおろと視線を彷徨《さまよ》わせた。

──フユさんは嘘《うそ》は言わないから人体実験ではないんだろうな。でもナツさんがおろおろしているから、きっとひどいことなんだろうな。

「やめてあげてよ。伯爵をいじめないで。だいたいフユさんたちはどうしてそんなに伯爵に冷たいの？　そりゃあ血を吸うってひどいことだけど。守田《もりた》さんのお姉さんが伯爵を嫌うのはまだわかるんだ。だけどフユさんたちがそこまで伯爵をひどく言う理由がちょっとわかんない。誰にでも優しいナツさんまで、伯爵には厳しい」

「それは前にも言ったように、自分たちも血を吸おうと思えば吸えるから──同族嫌悪みたいなものだ」

「一回、聞いたよ。ただ、それだけじゃないような気もしてる」

ナツとフユが顔を見合わせた。フユの視線の奥に熟考と戸惑《とまど》いに似たものが紛れているようにも見えた。

ナツに至ってはさらに動揺した顔になり、

「そそそれは」

と言って固まった。

「いつか話してもらえるのかな」

少し経ってからフユが「そうだな。時期がきたら」と、小声で返してくれた。


店は今日も繁盛して、フユのご飯は今日も美味《おい》しい。「ハルは疲れているからもう少し寝かせておいていいよ」とフユがハルを気遣《きづか》い、音斗はひとりでぽつんとダイニングテーブルに座っている。

音斗は店を手伝うこともできた。期待されているのは、そっちだ。けれどいつになく反抗心が渦巻《うずま》いている。

——みんななにかを隠してる。

その気配が濃厚だ。

ずっと周囲に「いい子」の太鼓判を押され続けてきた音斗だけど。

今回ばかりは、音斗は少しだけ「悪い子」に寄りたいと思った。どこまでいってても「あとひと押し」が足りないいい子のままでいるより、一歩だけ、一線だけなにかを踏み越えよう。

音斗は二階にいき、自室の貯金箱から持っているだけの現金を取りだして財布に入れる。

それからダイニングテーブルに置きっぱなしになっていたハルのスマホを「借りるね」と手に取った。

「伯爵を捜してくるね」

声だけは、かけた。頼まれているのだから、この外出は許されるはず。

音斗はぱたぱたと外に出た。大きな粒の雪がしんしんと降っている。積雪のせいで外はいままでより白く明るく、道の端がきらきらと瞬《またた》いていた。歩いていってふと振り返る。音斗の足跡が後ろに黒く、転々と残っている。

夏のあいだ伯爵が店を広げていた道ばたへと向かう。何度いってももうそこには伯爵はいない。

ぼんやりと立ち尽くし、綿菓子を細かく引きちぎったみたいな大粒の雪が空から舞い降りるさまをしばらく見ていた。身体が芯《しん》まで冷えていく。ひとりで過ごしている伯爵の寒さを思う。

「伯爵……。何処《どこ》にいるんだろうね」

街灯の下は、今夜も無人だ。

——なぁん。

猫が塀を歩いてきて、ひらりと音斗の足もとに飛び降りた。

もふもふの長毛猫だ。伯爵の足もとにいるのを何度も見かけた。

「ねぇ。伯爵は水曜の夜からいなくなったんだってね。水曜の夜って僕たちの学校のコントラバスケースが捨てられて、なくなった夜なんだ。で、僕は思ったの。あのケースは寝心地がよさそうだなって。もし僕が見つけたら、自分の寝場所としてうちに持ち帰りたいかもなって」

音斗のこれは——勘でしかないのだけれど。

革張りのしっかりした造りのハードケース。内側は紫のビロードで充分な大きさがある。光を遮《さえぎ》る。そして楽器ならではの独特の形状は中二的に美しく、かっこうよく見える。

猫は賢そうな顔をして口を閉じ、音斗を見上げた。

——にゃあ。

同意するように鳴く。

「伯爵、新しい棺を探してたりしてなかった？　たまたま入ったうちの学校の裏にコントラバスケースがあったから、ふらふらとそれを運んで自分のものにして、そのなかに入って寝てしまったりしなかった？　伯爵が寝場所として選択したのが、運悪く、ゴミ収集業者に見つかるような、物陰になって人目のない、いろんなゴミが捨てられてる絶妙な場所だったりしなかった？　伯爵って……そういうところがあるよね……」

——にゃっ。

「なんて言ってるのかな。僕に猫語が話せたらなあ」

猫と音斗の目が合った。猫は二回、ゆっくりと瞬《まばた》きをした。

「タクシー代、これで足りるかそれだけが不安なんだけど」

ポケットに入れた財布のなかにはずっと貯めていた虎の子の三万円プラス小銭が入っている。ぽんぽんとポケットを叩いて猫に重々しく宣告する。

「僕、いまから伯爵を捜しにいこうと思うんだ。見つかるように祈っててね」

音斗はピンッと背筋をのばして猫に背を向け、表通りへと歩きだす。車道を走るタクシーに手を上げる。停車したタクシーに乗り込んで、ハルに教えてもらった札《さつ》幌《ぼろ》市南《みなみ》区の、不法ゴミ投棄場所の住所を告げた。

——嘘は言ってない。「みんなで」はいかないって言っただけ。ひとりでなら「みんなで」じゃないから許容範囲。

流れていく車窓越しの景色を眺め、音斗はそう自分に弁解をした。国道二三〇号線。藻《も》岩山《いわやま》を過ぎると音斗にとっては見慣れない光景になっていく。大型のスーパーや郊外型の駐車場の広いレストランがぐんぐんと後ろへと過ぎ去っていく。車の流れはスムーズだ。降る雪をワイパーがキュッキュッと音をさせて斜《なな》めに押しやる。

カーナビに住所を設定し、走っていたタクシーだったが——国道から外れて左折したところで、運転手が不審そうに音斗に聞いてきた。

「お客さん、その住所あってる？　途中まではいけそうだけど、どう見ても山んなかだ」

「大丈夫です。そこに住んでる人のところに遊びにいくんです。お兄ちゃんにちゃんと住所聞いてメモはもらってるから合ってます。ただ家の手前に入る道が細くて、車じゃ無理らしいから、手前でおろしてもらえって。あ、そういえば着く前にメールか電話してって言われてたんだった」

ちらっとスマホを取りだして見せた。ハルから借りてきたスマホだ。ロックナンバーも知っている。すぐ側《そば》で毎日ハルが触《さわ》っているのを見ていたのだ。ハルも隠す気はなかったようだし、自然と覚えていた。

「それならいいけど」

まだ気にかけてくれているようだから音斗は、

「メールしておきますね。あと何分で着くか教えてくれますか？」

とハキハキと尋ね、運転手に見えるようにしてポチポチとメールを打った。

しみじみと――音斗は『マジックアワー』に染まっていっている。我ながら咄嗟《とっさ》のときのごまかしかたが、フユたちと同じになっているような気がする。

運転手は「本当に大丈夫？」と気にしながらも音斗を山道の手前に置いて、去っていった。

音斗はタクシーに向かって丁寧に頭を下げて見送った。

車のライトが遠ざかり、消えても――雪のせいで周囲はぼんやりと明るい。

一応はスマホを取りだしてみたけれど、電波のアンテナが立っていない。

黙っているとじわじわと末端から凍りついてしまいそうだ。手袋をはめた指先まで冷えが染み込んでくる。

圧倒的に——夜だった。

都会で育った音斗が知らない夜だった。

風がごうごうと枯れた枝を鳴らし、見上げた空が迫って落ちてきそうだ。暗い雲が星をふるいにかけているみたいに、流れる雲の狭間《はざま》からひらひらと雪が舞い落ちる。

音斗のコートや、マフラーに、降り積もる雪は粉砂糖みたいだ。

音斗は、マフラーを顎《あご》のあたりまで引き延ばし、歩きだす。靴底で雪がほどけ、ざくりと割れる。

白く発光するみたいな道の先をぼんやりと見つめながら歩いていた音斗は——降り積もる雪の様子に違和感を覚えた。

振り返る。

音斗が歩いてきた白い道路の真んなかに黒く靴の跡が連なっていた。踏みしめた形に雪が溶け、地面の色が露出する。粉雪は音斗の足跡の上に重なって積もってはいくのだけれど、他と比べてそこだけぼこりとへこんでいる。

でも——音斗の足跡だけではないのだった。

「僕の以外の足跡がある」

動物ではない。靴の跡だ。音斗は、その場を回って地面を観察した。足跡は、音斗が進もうとした先から来てずーっとまっすぐ進み、街の方角へと歩き去っている。もう少し音斗が辿《たど》りつくのが早ければ、この足跡の主とすれ違ったかもしれない。

「轍《わだち》はないから、車じゃない。この人も徒歩だ。足跡の上にはそんなに雪が積もってないから、少し前にゴミ投棄場から街のほうに向かったんだ。徒歩で？　誰が？　どうして？　こんな夜に？」

——伯爵が歩いていったのかな。

そうとしか思えなくて。

進んでいくべきか、引き返すべきか。

ゴミ投棄場に素直に向かったらそこにコントラバスケースが捨て置かれ、伯爵がいるかもしれない。あるいは、いないかもしれない。そもそもコントラバスケースのなかに伯爵が潜《もぐ》り込《こ》んでしまっているのではというのは音斗の想像でしかない。

でも、この足跡をほうっておいたら、じきに雪で完全に消えてしまうだろう。

迷っている暇もそんなになかった。

音斗は決意し、やって来た道を引き返す。目をこらして、雪に消されかけている足跡を辿って、追いかけた。


足跡はずいぶんとアクティブだった。歩きやすい道を通ればいいのに、樹木の狭間をかきわけてあえて山中深くに入っていく。おかげで後を追いやすくはあったが、途中で滑って転び、音斗はさんざんな目に遭っていた。

五回目の転倒で、木の枝に引っかかって頬《ほお》のところに切り傷を作った。チリチリと痛む頬を擦《こす》り、音斗は半泣きである。

音斗のコートは雪まみれで、手袋は濡れて冷たくなっている。

尻餅《しりもち》をついたところで、視線を感じ顔を上げる。

闇に爛々《らんらん》と光る二つの目。

「わあっ」

慌《あわ》てたが、よく見ると目の主は野生の狐《きつね》だ。じっと音斗の様子を探り、関わりたくないと思ったのか尻尾《しっぽ》を振ってくるっと駆け去っていった。

枝に積もった雪が落ちる音でびくっと飛び上がり、上空を滑空《かっくう》する鳥の羽ばたきにおののく。

——そういえば熊も出るとかって言ってたよね。

悪い子になってもいいやと思った代償はとても大変なものになるかもと、暗い予感が脳裏を過ぎる。

枯れて乾いた木が当たるととても痛い。折れて放置された木はものによっては凶器たり得る。雪がさらりと覆《おお》い尽《つ》くしているその下に、先端の尖った材木が落ちていたりで、転ぶたびにあちこちが引っかかって傷を負う音斗だった。

自然のものだけではなく、人工のものも捨てられている。ゴミ投棄場が近くだったからだろうか。釘や鉄板のようなものもなかにはあって——。

ずっと歩いてきて、三十度の傾斜の斜面を足跡がのぼっているのを見つけ、音斗は正直、途方に暮れた。高さも三メートル以上はある。

——この足跡の主が伯爵だとしたら。っていうか、伯爵以外の誰が夜にあそこを歩くかまったく想像つかないから、きっと伯爵なんだけど。

「伯爵、こんな山のなかを自在に歩けるのって、ただものじゃないと思う。そういうところをもっとアピールすべきだよ。吸血鬼とか貴族の血とかはどうでもいいから！」

冷気と山が音斗を心細くさせていた。

夜は好きだ。でもこんな山奥の夜は嫌いだ。見知らぬ生き物の気配だけが濃厚な野山は、音斗にとっては生活圏外だ。心の電波アンテナがへたれてしまう。

体力ゲージも削《けず》り取られてそろそろ残り少ない。というよりすでにマイナスに補正が入ってきている。

へとへとになった音斗は斜面を凝視し考える。

――僕、この足跡をちゃんと追いかけられるのかな？　そんな体力あるのかな。

立ち止まると自然と手足が小刻みに震えるくらい寒い。歯の上下が合わさってカチカチと音がした。骨の代わりに氷柱《つらら》を身体のなかに入れてしまったみたいに、内側に至るまで体温が下がっているのがわかる。

上れそうで、でも上るのがつらそうな斜面を見上げる。

上れないわけじゃない斜面なのが、憎らしかった。

見ているのは目の前の坂。けれど頭に浮かんでいるのはここ最近の自分の日々だ。傾斜と、ここのところの自分の毎日が重なって感じられる。目前の坂が、音斗の試練の象徴にすら見えてくる。

――ここを上ったって、伯爵はいないかもしれないんだ。

やってみたけど駄目だったという未来を想像すると、怖い。

たとえば音斗は、精一杯やったけれど守田に振られてしまったし、守田とは気まずいままで、前みたいに仲良くできそうもない。だからといって自分を避ける守田のことを詰《なじ》る気にはなれないし、やっぱりまだ音斗は守田が好きなのだった。

それくらいだったら、いっそなにもしないほうが良かったのかも。

ちらちらと過ぎる後向き思考も否定はできない。なにもしなければ、心くじけることもないのだ。成功もないけれど失敗もない。そっちのほうがましなんじゃないのか……。

それでも――。

伯爵を捜そうとしたのが――この足跡を追いかけようと決めたのが、音斗の今回の「あとひと押し」なのだった。

嘘をついてまでやって来た音斗の勇気なのだった。

「大丈夫。僕は、伯爵とコントラバスケースを見つけるんだ」

自身に言い聞かせるようにつぶやき、音斗は斜めにのびている枝に手をかける。

傾斜のあちこちにある枝や土の凹凸に手や足をかけて、少しずつ上っていく。

ポキリ。

乾いた音がして、ふっと身体が宙に浮く。

「え……？　なに？」

支えにして上っていた枝が途中で折れたのだ。ずるっと足が下に滑る。つかまるところがなくなり、折れた枝を手にしたまま後向きに転落した。

ふわっと空中に浮かび——あとは一気に降下した。

ものすごい衝撃を受け背中から地面に落ちた。

咄嗟に頭をかばった。降っていた雪が地面を覆い、クッションになってくれた。

けれど、脇腹にとてつもない痛みが走り抜けた。

悲鳴が、口から迸《ほとばし》った。

自分が出したとは思えないくらいの、野性の生き物めいた声だった。

なにが起きたかわからなかった。

次に身体の内側が凍えるくらいに一気に寒くなった。内臓が小さく縮んで氷結していくような変な感触がした。

内側は冷たいのに——皮膚の一部が妙になまぬるく思えて——。

音斗は自分の腹を見下ろす。

コートの下に隠れて、なにがどうなっているのかはわからない。

ただ、音斗の横たわる地面で、雪がゆっくりと赤く染まっていった。

怪我をしたのだと思う。木の枝か、それとも捨てられた鉄板とか杭《くい》とかそういうものが音斗の腹に刺さったのだ。

——僕、ここで倒れちゃうのかぁ。

歯を食いしばり、そう思った。

ドミノのあだ名のとおりに倒れてしまう。山のなかでひとり。支えてくれる友だちはいない。

音斗は疲弊《ひへい》してボロボロで、起き上がる力なんてない。すでに限界を超えていて、それでも坂を上ろうと元気を振《ふ》り絞《しぼ》ったのに。あんまりだ。落ちてひとりで倒れて、怪我《けが》をして血を流して、雪が降って山奥で、スマホの電波は届かない。

ぽろぽろと涙が零れてきた。

涙を拭《ぬぐ》おうと思うのに手が上がらない。急激に目の前が暗くなっていく。

「もしかして僕、死ぬのかな」

――死にたくないなあ。

変な呻《うめ》き声が聞こえると思ったら、それは自分の声だった。

痛みだけが全身を支配して「死にたくない」という気持ちですら「痛い」という言葉で上書きされた。

必死で目を開けようとするのに意識が遠のいていく。


「かぐわしき血の匂いがすると思ったら、どうして」


声がしたのだ。

朦朧《もうろう》として目を開ける。

――伯爵!?

「子どもっ。何故《なぜ》ここに」

それを聞きたいのは音斗のほうだ。何故ここに!?

でも音斗はもう声をあげることができない。

伯爵は薄着だ。いつものマントを羽織《はお》っているだけの軽装で、靴は黒い革靴だ。叫びながら、雪の下り坂をつるつると滑るようにして下りてくる伯爵は遊びの途中の子どもみたいだった。

寂しくて寒い雪の夜に、膝《ひざ》を抱えていないかと心配だったのに存外に元気そうで――。

困っているかもしれない伯爵を救いだそうなんて思った音斗が馬鹿だった。音斗は子どもで、伯爵はああ見えても大人で、しかも正当派の吸血鬼なのだ。天然かつ旧来の由緒正しい貴族の血筋。たとえコントラバスケースを背負って、斜面を滑り下りてくるという道化じみた登場であっても。

「おまえ……血の匂いがするな。怪我をしている。ひどい怪我だ」

伯爵は手袋すらしていない。屈《かが》み込《こ》んだ伯爵の冷たい指が音斗の頬に触れる。

音斗を見下ろす伯爵の双眸《そうぼう》が赤く瞬《またた》いた。真顔で見据《みす》えられて、音斗の背中がざわついた。

伯爵の顔が静かに近づいてくる。

雪が降る。伯爵の金色の髪にも、黒いマントにも雪が静かに降り注いでいる。

視線が伯爵へと吸い寄せられる。

——綺麗だなあ。

整った白皙《はくせき》の美貌《びぼう》は雪像みたいに冷たくて——。

白く尖った牙が口元から覗いているのに、天使みたいに見えた。

「伯爵、助けて……」

ちゃんと伝わっただろうか。舌がうまくまわらなくて、言葉になっていなかったかもしれない。

伯爵を助けに来たつもりだったのに、助けてと願う立場になっている。

夜と雪の魔法が伯爵をいつもより勇猛に見せている。人ならざる者だけが放つ、特別な力が今夜の伯爵にはあった。夜の山道を怖れもせずに好きに歩くことのできる者。音斗には無理だ。

伯爵は血の染みた雪を指で掬《すく》いとり、眉根を寄せた。

「助ける……？　私がおまえを？」

流れる血は命の元なのだと、ふいに実感した。音斗がいま、どんどん寒くなっていって震えているのは自分が死に近づいているからだ。

――すごく痛くて、寒いんだ。伯爵。僕、死ぬのは怖い。助けて。

「おまえはなにを言っているのだ。わかって言っているのか？」

返事があるから、音斗の言葉は伝わっているのだろう。途切れ途切れでも声になっているのだろう。

――わかってる。たぶん。

「なるほど。我に助力を乞うというのだな」

伯爵がささやいた。

――うん。

# 6

アキは昔から女性にもてた。綺麗な顔にやわらかい物腰。好きなものは甘いパフェとアイス。あなたは理想の王子様だとかつて誰かに言われたことがある。

母性本能をくすぐるタイプだとも何度か言われた。ちやほやされることには慣れていた。礼儀正しく好意を受け取るが、必要以上の愛情は拒絶し押し戻した。無意味に期待させるほどの残酷さは持ち合わせていないし、感情の駆け引きは苦手だから。

親友と弟以外の人間には、いつも一歩引いている。

不思議なことに、その「引き加減」が、ある種の人間を強く惹《ひ》きつけるようだった。

異性を惹きつけるのは容姿だけではないのだ。

アキが彼女にはじめて出会ったとき、まだ彼女は幼くて。

アキとフユとナツは童謡のなかの森の熊さんみたいに、迷子の子どもを保護して無事に家に送り届けたのだ。彼女は森でアキという凶暴な熊さんに出会った。熊だということを知らないで、子どもの素直さでアキに懐《なつ》いた。好きだという想いはいつでも彼女の全身から放射されていた。

アキは、あんなに可愛《かわい》い笑顔を向けられて、それでも自分は好かれていないと思うような鈍感な男ではなかったけれど——子どもの好意をおそらくとても甘く見ていた。

ずっとずっとずっと好かれ続け、追いかけられるなんて思っていなかった。

いつか飽きる。時間は過ぎる。

彼女の「好き」を侮《あなど》っていたのだ。

嫌いになる要素はない。でも好きになるにはハードルが高い。年齢差は、彼女が育てばどうとでもなる。しかし、それ以外の部分が問題だ。

——自分は吸血鬼で年を取らないんだよ。若作りとかそういうんじゃないんだ。

だからみんなに気づかれないように彷徨《さまよ》い続けるしかない。

言ったとしても、彼女なら「それでもいい」と熱心に訴えてきそうではあったが、言う必要もないと思っていた。

――実際、僕らは、血は吸わないんだけどね。吸血は禁忌《きんき》なんだ。昔はそういうこともあったらしいよ？　血を吸うことで、相手を自分の仲間にするような方法が太古にはあった。吸うだけなら相手は忠実な下僕になる。吸うのと同時に自分の血を相手に分け与え、循環させると仲間になる。それがいけなかったみたいだ。逆に権力者が「永遠を寄越《よこ》せ」と僕らの先祖に言い出して目茶苦茶になったらしい。人間って怖いよねぇ。

――僕らの先祖は、あるとき「影の権力者」に連れてこられて日本に移住したんだ。その人と、その一族に「永遠」を捧げるためだけに。でも僕らの先祖は最後には抵抗した。そして逃げた。この北の地に。

――それっきり僕たちは牛乳を飲んで生きていくことに特化した。

――血を吸うことを禁忌とし、二度と誰にも永遠を与えないと誓って。

二十年以上前のクリスマスイブの日。

アキは彼女に呼びだされた。

彼女はいつでもまっすぐで、猪突猛進《ちょとつもうしん》で——断っても「でも待ってるから」と言うのだ。可愛い女の子に夜通しでも待ってると言われてしまって、そしてその子が口にしたことを実行してしまうタイプだと知っていて、放置はできない。

彼女はアキを待っていた。クリスマスの贈り物を手に持って。

地方都市の夜であってもクリスマスイブはみんなが浮かれて、夜道を酔客がよろめきながら歩いていた。

待ち合わせ場所が繁華街から少しずれていて、かつ外だったのは、彼女の不安の表れだったのかもしれない。来ないかもしれないアキを人混みのなかでずっと待つのは嫌だった。あるいは計略だったのかもしれない。人の少ないはずれた場所に女の子をずっと立たせておくわけにもいかずアキは一瞬でも顔を出すだろうと。

とにかく待ち合わせ場所はひと気のない道ばたで、彼女はガードレールに身体《からだ》を預けて立っていた。

アキは――ああ、いるなあと思って歩いていった。彼女はアキの姿を見つけぴょんと飛んだ。肩先で小さく手を振った。遠いから表情は見えなかったのだけれど、でも彼女が顔いっぱいに笑っているのはたやすく想像できた。

少し先にゆるいカーブの道。

夜。

昼に溶けた雪が夜になって凍り、その上にパウダースノーが降り積もるという最悪な路面状況。

視界が悪く、道はつるつるに滑《すべ》って、車がかなりのスピードで走ってきた。

「アキさん」

どうして彼女が走ったのか。アキじゃなく彼女が。押し止めて「そこで待ってて」と合図したらよかった。

丸いライトがすぐ先を照らした。彼女の身体が車の鼻先にぶつかった。すごい音がした。彼女の身体は勢いよく跳ね、半回転してアキの立つ手前に転がり落ちた。彼女を轢《ひ》いた車は一瞬だけ減速し――けれど止まることはなくそのまま走り去っていった。

轢き逃げだった。

アキは彼女の側《そば》に跪《ひざまず》く。

白い雪が赤く染まっていく。

「アキさん……」

「しゃべらないで。いま救急車を呼ぶから」

彼女の血まみれの手を握りしめる。握り返してはくれない。力のない指先から熱が奪われていくのがわかる。いつもキラキラと輝いていた彼女の目から光が消えていく。

救急車を呼ぶから。

呼んだところでたぶん助かりはしない。

言った途端《とたん》、わかってしまった。普段はポンコツな吸血鬼の本能が、察知した。

死の香り。路上に流れだした真紅。彼女の命がアキの目の前で流れていく。消えてしまう。

血の匂いがした。
飲んだこともなく——飲もうと思ったこともない血の匂いが。

アキは彼女を抱き寄せ、獣みたいに吠えた。

「死ぬなよ！　駄目だ。そんなのは駄目だ」

その瞬間、アキは悟ったのだ。

認めよう。

彼女がアキに惹かれたように、アキもまた彼女に惹き寄せられていたことを。

彼女のひたむきさ。熱意。前に進んでいこうとする命の力。世界の多くを知らず、クリスマスがどんなものかすら知らず、けれど長く生きてきたアキの手から零《こぼ》れ落《お》ちていたさまざまな煌《きら》めきを彼女は持っていた。当たり前に育つということ。生きていくということ。人であるということ。

振り捨てようとしてもすぐ後ろを着いてくる健気《けなげ》な犬にも似た忠誠と、無垢《むく》な信頼。

彼女はクリスマスツリーのてっぺんの星。

アキがずっと知らないでいた輝きだ。

そしてアキは不死の一族の末裔。

アキは「永遠」を分け与える方法を知っていたのだ。

彼女の脈が弱まる。

心臓が止まる直前――アキは彼女の喉《のど》に、自分の牙を突き立てた。

そして――。

＊

寒いなあと思って音斗《おと》は目を開けた。

寒くて——身体がひどく重たい。

狭い箱のなかで手足をきゅっと縮めて眠っている。朝はまだもう少し先のようで、音斗が入る箱の蓋《ふた》はしっかりと閉じられていて薄い闇のなかだ。

——変な夢を見た。

一瞬だけそう感じた。痛くてつらくて嫌な夢だった。

夢のなかでは音斗は伯爵《はくしゃく》に抱きかかえられていた。

凍えて震えている音斗を伯爵がひどく優しく抱きしめてくれたから、音斗はお返しに伯爵の頭を撫《な》でたのだ。いつもナツがしてくれるように、くしゃくしゃにその髪を撫でまわした。

——伯爵は、強いね。僕だったら寂しくて、つらくて、折れてしまうよ。長い夜をずっとひとりで過ごして、すごいなあ。山のなかを歩くの怖かったよ。足跡を辿《たど》っているあいだに疲れちゃった。

疲れちゃったんだ。

痛いのをひとりぼっちで抱えるのは骨まで震えるぐらい、怖かったよ。あんな夜を百年もくり返してたなら、伯爵はすごい吸血鬼だよ。もっと誇《ほこ》っていい。威張《いば》ってもいいよ。

誰も認めなくても、僕は伯爵に「すごいね」って言うよ。

伯爵、かっこういいなあ、いいなあって。

でも――。

「え？　違うよ。あれは夢じゃないよ。僕は死にかけて……伯爵が僕を抱きあげて、僕は伯爵に言ったんだ。あれ？　つまりここって……天国!?」

カタカタカタカタ……。

音斗は慌《あわ》てて飛び起きる。閉じこもっている箱の蓋を押し上げる。ガコンと大きな音がして蓋が開く。

急に視界が開けた。

大きな道路がすぐ目の前だ。ライトをつけた車が行き交っている。道沿いに建つコンビニがぼんやりと白く四角く光っている。

音斗は、箱から前のめりに転がり落ちた。

振り返る。自分が入っていた箱は、コントラバスケースだった。

それを背負って運んでいたのは――。

「……伯爵?」

マント姿の伯爵を、音斗は、ぼんやりと見上げた。

「と……コントラバスケース?」

「違う。これは我が棺だ」

伯爵が言い切った。

「う、うん。実はコントラバスケースだけどね……」

雪が降っている。あたりは真っ白だ。もう山のなかではなくなっている。伯爵が音斗を背負って移動したのだろう。

赤く染まっていたはずの血の痕跡《こんせき》も、音斗や伯爵がつけた足跡も、すべてはずっと遠くの白い雪の下だ。

「僕の怪我《けが》は?」

「怪我などしていない。おまえは夢を見たんだ」

視線を泳がせて伯爵が告げた。

「そんなはずないよ。僕は」

立ち上がり、音斗は怖々《こわごわ》と脇腹を触《さわ》る。厚地のコートも、その下に着ているシャツも穴が開いている。血の染みもついている。

なのに——怪我はすっかり癒《い》えている。自然治癒《ちゆ》したように皮膚《ひふ》が薄く盛り上がり、閉じられて、痛みもない。

不思議なこともあるものだ。

「伯爵、嘘《うそ》をつくのが下手だね。僕、怪我をしたんだ。伯爵が治してくれたの？」

「違う。おまえの身体が自力で治した」

コントラバスケースを肩からおろし、そこにもたれ、伯爵は斜めになって立っている。

そうは言っても、どう考えても伯爵のおかげで一命を取り留めた気がするので、音斗は頭を下げる。

「ありがとう。伯爵」

「感謝される謂《い》われなどない。むしろおまえは私を呪《のろ》うかもしれない」

「どうして？　呪ったりしないよ」

音斗はきょとんと首を傾《かし》げた。

「む。……子どもよ。おまえは温泉というのを知っているか？」

話題が飛んだ。唐突なひと言に音斗は目を瞬《しばたた》いた。

「知ってるよ。どうして？」

「知っているのか。私はついさっきまで知らなかった。そこの山の上に温泉があって、カレーを作っている青年がいて、私に温泉を勧めてくれた。温泉とは良いものであるな」

「伯爵、温泉に入りにきてたの？　吸血鬼って温泉に入るんだ。そっか。でもそういえば猿とかカピバラも温泉に入るもんね……。なんだあ。僕、伯爵が何処《どこ》かにいっちゃったのかとか、知らないあいだに連れ去られたのかとか、いろいろ考えて心配してたのにな。温泉に入りに遠出しただけだったんだね。言ってくれたらよかったのに」

「猿とカピバラと我を一緒にするなっ。それに我は温泉に入りに来たわけではない。温泉という運命が我を呼んだのだ」

伯爵は例によって無駄に胸を張っている。

――伯爵と会ったらどんな顔をしてなにを話そうかとか思ってたけど。どうということもなかった。音斗は普通に伯爵と話ができている。それが嬉しくて音斗はにこにこと笑ってしまった。

「カレーを作る青年の歩き方が、おまえと似ていた。足音がふわふわと頼りなくてな。顔も声もちっとも似ていないのに、どこかおまえを彷彿《ほうふつ》させた。そのせいか温泉というものを勧められるがまま、断れなかった」

「ひどいなあ。僕、頼りない歩き方してるの？」

しょんぼり聞き返す。伯爵がくすりと笑った。

とても自然に、笑った。

「おまえはあの山のなかでなにをしていたのだ？」

「伯爵を捜してたんだ。あとコントラバスケースも」

「血を流しながら我を捜していたのか？　あえて我にその身を差しだすつもりだったのか？　望んでもいないのにそうするのだとしたら、それはあまりにも愚かなふるまい」

「ごめん。途中で怪我しちゃったの。まさかこんなことになるとは思ってなかったんだ。迷惑かけちゃったね。……って、わ」

ポケットのなかでスマホがプルプルと震えている。取りだして、おそるおそる着信の相手を見る。

「フユさんだ。ちょっと待ってね」

慌てて電話に出た。

「……はい。音斗です。ええと、フユさん？」

一拍置いてから、フユの声がした。

『音斗くん。大丈夫か？』

緊迫した声だった。

「うん。大丈夫。伯爵を見つけたし、コントラバスケースも見つけたんだ」

『無事……なんだな？』

ため息みたいなささやきだった。

「うん」

『何処にいるんだ？　さんざんメールしたのにまったく返事がないし、電話しても電波の届かない場所にってアナウンスが入るし、捜しに出した太郎坊《たろうぼう》と次郎坊《じろうぼう》も足取りを見つけられなかったし』

「山のなかは電波が入ってなかったから着信に気づけなかったんだね。教えてもらったゴミ廃棄場の側で……ちょっと遭難《そうなん》して」

『遭難？　あっちは一番最初に捜しにいったんだ。でも、いなかった。遭難って……』

絶句している。

「本当に山のなかだったんだよ。道じゃないところ歩いてたの。けどいまは大丈夫だよ。伯爵が助けてくれた」

『場所を教えてくれ。迎えを出すから』

音斗はここが国道沿いであることと、コンビニがあることを伝える。フユが心配されるのも当たり前だし、怒られるのもいたしかたなし。それだけのことをしでかした自覚があるから、音斗は神妙な顔になって電話を切った。

「ちゃんとそこで身動きせず待ってろ」と叱《しか》りつけ、電話を切った。

「フユさんすごく怒ってる。怒ってるフユさんに会わせるのちょっと怖いけど……伯爵、僕と一緒にフユさんのところに顔を出してくれる？　なんだかフユさんたちも伯爵を捜してるみたいで」

「ああ。今回の顚末《てんまつ》はあれに伝えたほうがいいのだろうな。わかった。私も責任を取らねばならぬ」

拒絶されるかと思ったのに、伯爵は素直にうなずいた。

「太郎坊と次郎坊が宅配便のトラックで迎えに来るみたい。あのコンビニの駐車場で待ってたら来てくれるよ」

「そうか」

東の空が薄ぼんやりと明るくなってきた。撒《ま》き散《ち》らしたみたいな白銀の雪が光を浴びて宝石みたいに輝く。

「夜明けが近いのかな」

「ああ」

「……大変。このままじゃ、伯爵が塵《ちり》になっちゃう。朝の日差しで焦《こ》げて消えちゃうよ。どうしよう。伯爵、このケースに入って。あとは僕がどうにかするから」

狼狽《うろた》えて、ケースを指さした音斗に、伯爵は「ああ」と眉を顰《ひそ》めた。

「子ども。おまえが入れ」

「なに言ってるんだよ。僕はせいぜい倒れる程度だけど伯爵は日差しを浴びたら塵とか灰になっちゃうんでしょう？　駄目だよ」

「ああ。そうだな。だからおまえが入れ!!」

「なんでだよ～。伯爵が入るべきでしょう？」

コントラバスケースの蓋を開け、それを真ん中にして二人で揉《も》みあった。互いに相手をケースのなかに押し込めようとする。音斗は音斗で必死だし、伯爵の目も血走っている。

夜明け間近の郊外のコンビニだ。深夜トラックの運転手が、不思議そうに音斗たちを眺め、遠巻きにして去っていく。

――絶対にこれ、変な光景だよなあ。おかしな二人に見えてるよね。

伯爵が死ぬかもしれない危機なのにどうしてこんなにコントみたいなのだろう。

脱力しながらも、音斗は真剣である。

そうしているあいだにも東の空がどんどん明るくなっていく。

「うるさいっ。下僕だったくせに私に逆らうな！　元愚民め。入れったら入れ!!」

大声で命じられ――音斗の身体が固まった。あらがいたいのに、あやつられてしまっているがごとく身体が勝手にコントラバスケースのなかに入っていこうとする。

「え、なにこれ。なんなの、これ？」

慌てふためく音斗を無視し、伯爵がケースの蓋を閉めた。

入った途端、音斗の身体は再び自由になった。いったいいまのはなんだったのだろうといぶかしみながら、音斗は再び内側からケースを開ける。

「伯爵ーっ⁉」

夜明け手前の薄明――。

空の端は海を凍らせたみたいな綺麗な蒼《あお》だった。柔らかく淡い光が雪に照り返し、世界は透き通った蒼い硝子《がらす》で蓋をされたみたいに輝いていた。

太陽はまだ東雲《しののめ》の地平に隠れている。なにもかもが影をなくしている。

まるでマジックアワーだ。

空を覆《おお》っている雲は、滲《にじ》むような薔薇色《ばらいろ》に変化していく。最初はほんの一滴垂らしただけにすぎなかった薔薇色の絵の具が、見る間にすべてを染め変えた。

朝日が強烈に世界を灼《や》いていた。

東の空は赤と薔薇色と金色をぶちまけた絢爛《けんらん》な色彩に彩《いろど》られる。

伯爵の全身に光の粉が降り注いでいるように見えた。

音斗は伯爵へと手をのばす。その姿を日差しから守ろうと抱き寄せる。小さな音斗の身体でできるだけ防げるように。両手を開いて、コートを開いて、伯爵を陽光から守ろうとぎゅうっと抱きつく。

心臓が痛い。

自分が死にかけてつらかったときの苦しさと寂しさがぶり返す。孤独に倒れた音斗を助けてくれた伯爵。今度は僕が伯爵を助けるんだ。

音斗は、祈った。

誰でもない、なにかに。神様みたいなものに。吸血鬼の神様が、誰なのかは知らないけれど。

――伯爵を灰にしないで!!

息を飲み、伯爵にしがみついて――祈り続けて――。

伯爵が音斗を抱き返す。音斗の身体を覆うように。しっかりとしたたしかな固い感触が、音斗の身体をホールドしている。

「伯爵……消え……て……ない？」

二人は抱きしめあっていた。

伯爵は灰にはならなかった。塵にもなっていない。ちゃんとした形を保ち、風にフードを煽《あお》られて、金の髪をなびかせて音斗にしがみつかれて立っている。

「ああ。そのようだな」

伯爵は微動だにしなかった。目をすがめて、どこか呆《ほう》けた様子で、のぼっていく太陽を見つめている。

「よかった。よかった。伯爵……。よかった」

崩れ落ちそうになった音斗である。

「なんだろうな。とても痛い。とても痛いのだが……それでも……我は塵にならずにすんでいるな……」

伯爵はずっと空を見上げていた。

「朝が来るのをはじめて見る。いや、もしかしたらかつて私はこういう景色を見たことがあるのかもしれない。あまりにも昔すぎて記憶にもないけれど」

伯爵の視線を追いかけて、音斗もまた空を見上げた。

「夜明けとは、こういうものだったのか。そうか。美しいものだな」

帯状に広がっていたオレンジが薄れていく。少しずつ光の明度が変化する。

磨きたてでまっさらになったような太陽がぎらぎらと空の向こうから地上を照らしつけ――凍りついて、鏡面みたいになった黒いアスファルトの上に、ひと筋の光の道が浮かび上がる。

道のなかに映しだされた、幻の光の道。

「夜空に光る月が、静かな湖水に光の道を作るのは何度も見た。朝日もまた静かなアスファルトの路面に光の道を映すのだな」

「本当だ。すごいね。綺麗だね」

伯爵は音斗から離れ、帯状にまっすぐにのびた路上の光に、一歩、足を踏み入れた。

音斗も伯爵を追いかける。

「あとひと押しの、一歩」

ぽつりと、つぶやいた。

——僕たちは、生きている。

伯爵は永遠に死に続けているとかつて音斗に言ったけれど。

それでも音斗と伯爵は、いま、二人で並んで光の道筋に立っていた。同じ方向に向かって足を前に出した。

ふいに気づいた。伯爵と音斗に限ったものではなく、生きている者はみんなそうなのだと。この数ヶ月に起きたこと。交わした会話、友だちとの時間。なにもかもがいっしょくたに丸められ、朝日みたいに輝いて音斗の心にのぼっていった。

チリチリと胸が痛い。嫌な痛みじゃない。

時間は過ぎる。過去には戻れない。時の過ぎ方が別々であったとしても、進む方向は生きている限りみんな同じなのだ。だったら伯爵も、生きている。明日に進むしかないのだから。

「伯爵と僕って違うタイプの吸血鬼だとしても——そういうの、あんまり関係ないのかも」

「どういう意味だ？」

「僕ね、もしかしたら友だちと一緒に年を取れないのかもって言われてすごくショックだったし、運命みたいなのを一瞬恨《うら》みかけたけど……。恨んでも、笑っても、同じに前にしか進めないんだなーって。種族とか違っても関係ないね。みんな時間はさかのぼれない。だから伯爵ともたくさん一緒にいたい。友だちになってよ。僕は、まだ子どもだけど――そのうちちゃんと大人になる。長い時間がかかっても」

「友だち、か」

伯爵が答えた。

と――。

牛のマークのついたトラックがコンビニの駐車場に乗り入れた。

「音斗さま〜、お迎えに参りました〜」

車のドアがバタリと開いて、太郎坊と次郎坊がのっそりと元気よく音斗のもとへと駆け寄ってきたのだった。

音斗と伯爵が『マジックアワー』に着いたときには完全に朝になっていた。

音斗たちを迎えてくれたのはハルと、牛のお母さんだった。存在感のある牛に顔を舐《な》められ、伯爵は腰が引けていた。でも、帰ろうとはせずに素直に部屋に上がり込む。

「この子どもを休ませねばならぬ。褥《しとね》の用意を整えよ」

伯爵がハルに大仰《おおぎょう》に命じた。押しだされた音斗は、

「えー、いいよ。やることあるし。伯爵のほうが寝たほうがいいよ？　でもコントラバスケースは僕の友だちに返さなくちゃならないから、違うもので寝てね。僕の箱、貸してあげようか」

と返した。

「子どもめっ。気遣《きづか》いをしてみせたのになぜ素直に受け取らぬ。死にかけたのだ。疲れているであろうがっ」

「心配してくれてるのはわかるけど、そんな上から目線で命じられても、眠れないよ～」

「し、心配などしておらぬわっ」

言い争っていたらハルが二人のあいだに割って入ってきた。

牛乳の満たされたグラスを音斗に押しつける。いつもどおりにそれを受け取って、音斗はごくごくと飲んだ。身体の芯《しん》まで元気が染み込んでくるようだった。伯爵は断固として拒否した。ハルは伯爵には無理強《むりじ》いしなかった。

「で、二人とも喧嘩《けんか》しないで僕の好奇心をいますぐ満たしてくれないかな。二人がひと晩、何処で過ごしてたか。なにより気になるのは伯爵がなんで日中に歩けてるのか。なにが起きたのかを順に追って説明してくれたら、そのあとで好きな箱に詰めて寝かせたげるから。まずは詳しく！」

音斗と伯爵は顔を見合わせる。

そして、ハルに聞かれるがままに、あちこちに話題を跳び散らかしながら、自分たちに起きた出来事を話しだしたのだった。

一時間後――。

「いや～。夜が明けちゃっててよかったね～。これ、夜のうちに二人が戻ってきたらフユが絶対にいるじゃん？　フユが聞いたら雷《かみなり》が落ちるどころじゃないもん。こういうときに意外と冷静で頼りになるのって僕なんだよね〜。——はい。チクッとするけど、我慢して」

注射器を持ったハルが音斗から血液を採《と》っている。

「つまり、音斗くんの血が混じったせいで伯爵は『進化』したんだね。昼でも歩ける身体に。音斗くんのほうもやっぱり伯爵の血が混じったせいで、伯爵の力を借りて、怪我が治ったんだ。隠《かく》れ里《ざと》ではそういうのを『永遠を手に入れる』って言ってたよ。禁忌なんだけどさ、それ」

「え……と」

音斗はおろおろと話を聞く。いまひとつ理解が追いつかない。

「相手の血を吸うだけなら眷属《けんぞく》で下僕に——同時に、相手に自分の血を差しだすとで同等の仲間に。そういう原理っていうのは聞いてる。対・普通の人間だと相手が吸血鬼になるだけだけど、対・進化した吸血鬼だと伯爵の側にも影響が出るわけね。いままでそういう臨床例なかったから、みんな知らなかっただけで、僕はデータ見比べて検討してたよ〜」

「僕の血が、伯爵を変えたってこと？　それで伯爵が僕を変えたってこと？」

「そそそ。なんていうかさ〜、血を吸うか吸わないかの問題で禁忌にしてるっていうなら、結果だけ知りたいから輸血しようぜーってみんなに提案したら却下されてさ〜。期せずしてその実験を音斗くんたちがやり遂《と》げてくれたってことだよね〜。『魔法』とか『奇跡』で片付けないで『科学』で『実験』でいいじゃーんて言ってたんだよ？　ま、老人たちは誰も聞いてくれなかったけどね。とりあえずデータくれ。いますぐくれ。血をくれ」

「う……うん」

現代的吸血鬼のハルは血を注射器で抜いて成分を分析するのに使うのだった……。

「しっかし、興味深いな〜。伯爵はよっぽど音斗くんを仲間にしたかったってことだよね。このツンデレめ〜」

血を抜いてラベルを貼って冷蔵庫に入れて——メモを取ってひたすら話して——ハルは大忙しだ。

「ツン……デレ？　なんだそれは。私は子どもを仲間にしようとなどしていないっ。ただ、我が貴族の血を子どもの舌に垂らした。わかっているのは——そうしなければ子どもは永遠に死んでしまったということだけだ。かつて一度、我は子どもの血を一滴だけもらったことがある。血の交換の契約があったのは、あの一度だけだ。今回はまったく……」

伯爵が狼狽《うろた》えて言い訳をしている。

「回数の問題じゃないよね。ってフユだったら言うだろうなあ」

「その一滴も、血を、子どもが、私に差しだした。私は空腹で、あらがえなかった。だが、たった一滴と一滴の交換であっても――時間が経過した契約であっても――私とその子どもは血族となった。とても……とても薄く淡い、血の契約だが。それによって私の身体も変化してしまったが……」

「時間の問題でもないし、そもそもなに言ってんだかわかんないよね。契約ってったって、記名・捺印もしないでなあなあでしょ～？　その場の勢いでしょ～？」

「私も貴様ら愚劣《ぐれつ》な牛飼いの種族に、我が血を分け与えた場合、どうなるのかについてはよくわからなかったのだ。もし子どもが栄誉ある貴族の一員となるのであれば、責任は――取る。私の一族として正式に迎え入れ、塵となるまで共に過ごす」

「いや、無理でしょう。いまどき義務教育の中学すら卒業しないで、なんの仕事に就《つ》くのさ～。貴族っていったって、結局、若い女性に養ってもらうヒモだからね。

音斗くんのご両親が許さないと思うよ？　おじいちゃん、おばあちゃんに至っては……」

「い、言わないで。いろいろと目茶苦茶になっちゃうよ〜。驚きすぎて寝込んじゃうかもしれない」

音斗が頼み込む。ハルは「まあねー」と笑っている。

「だいたいは僕が立てた仮説のとおりなんで、僕は驚きはしないけどね〜。オールドタイプの吸血鬼と僕たち進化した吸血鬼の血は、それぞれに作用することはわかった。しばらく二人の体調含め、見守らないと不安なところだけど……。はい、音斗くんは終了。次は伯爵の血も採るよ」

「む。何故、血を」

「音斗くんと自分の身体になにが起きたのかを解明するのは僕です！　そのための血！　はい。腕出す！」

伯爵は威張《いば》った態度で手を出した。

「だが、こうなった以上、責任は取る。そのためにここに来たのだ。その……音斗を、我が一族に迎え入れたい」

途端《とたん》、それまで黙っていた牛のお母さんが「ふんっ」と鼻息を荒くした。咎《とが》めたてる目をして伯爵を見つめる。伯爵は少し怯《ひる》んだ。

「お母さんもそう思った？　僕もさ」

牛のお母さんの鼻息や鳴き声を『マジックアワー』のみんなは理解している。音斗にはいまひとつ伝わらないのだが。種族の問題ではなく、そこはたぶん慣れと環境の問題なのだろう。

「伯爵〜、その、婚約者の親族に対しての挨拶みたいな言い方やめてくれる〜？　フユが聞いたらキレるよ。ナツなんて泣くんじゃないかな〜。僕だからおもしろがって、まともに聞いてるんだよ。もっと普通にしてくんないかな？　責任を取るとか、一族にとか、それって『お嬢さんを僕にください』の挨拶っぽい？」

「ぐ？」

伯爵が目を白黒させた。

「僕、音斗くんのお父さんじゃないけど『お父さんは許さないぞ』って言いたくなっちゃったもん。音斗くんには守田《もりた》さんていう彼女がいるんだから、あきらめなよ！」

「……い、いないよ。彼女なんて。僕が勝手に好きなだけだから！」

変なところで、変なタイミングで傷口に塩を塗られた。ハルの「ブチ込み具合」はいつも絶妙である。

「あとやっぱり突然すぎて頭も心もついていかない」

——吸血鬼の力のおかげで怪我が自然治癒したんだ。吸血鬼って心臓以外は刺されても死なないで治るんだった。そうだった。

いろんなことが腑《ふ》に落ちた。伯爵が音斗に言った言葉のひとつひとつの意味が、いまさら伝わった。伯爵が本気で命じたことにあらがえなかったことの理由もわかった。

——それで伯爵、僕が太陽の光を浴びたら灰になるかもって思って、自分を犠牲にして僕のことコントラバスケースに入れて運ぼうとしていた？

進化した吸血鬼の末裔であったことにやっと慣れてきたというのに。

今度はさらにニューバージョンな吸血鬼に進化したというのか。いや、退化したのか？

「僕、つまりこれから血を吸って生きるの？」

「そこは大丈夫。だってさっき牛乳飲んで元気になってたでしょ。試してみて音斗くんが普通に飲んでくれてホッとしたよ。このあとのこともおいおい考えてく。大丈夫。音斗くんと伯爵の身体を張った協力のおかげで明日にはこの天才が『吸血鬼を人間にする薬』を開発してるよ！」

ハルがにこやかに笑って断言した。

「……子どもは人間に戻るのか？」

伯爵が言った。

「伯爵も人間になれるんじゃない？」

音斗が伯爵を見上げた。

「まさか。なりたくもない！　我は孤高の道を辿る運命の放浪者。自ら貴族であることを選んだのだ！　いまさら他のものになど！」

マントをはらっと振って顔を覆い、決め顔で告げた。

「……でも、友だちになってね」

伯爵のマントを引っ張って下から覗《のぞ》き込《こ》んで頼む。

「ぐ……」

「僕は伯爵が好きだよ」

「わ、私はおまえなど好きではないっ。なりゆきで救っただけ。誤解するなっ」

そう言い放つ伯爵の瞳孔は大きく開いている。好きな相手を見るとき、人の瞳孔というものは開くものらしい。

「うん。嫌われてても、僕は好きだよ」

「ツンデレのことはほっといて〜、あとのところはこの天才ハルくんに、まっかせなさーい!!　僕はなにもかもをどうにかするためにここのところ寝ないでがんばってるんだからさ〜」

「大丈夫なの!?　絶対だよね。僕、中学校くらいは卒業したい。ちゃんと大人になりたい。高校とか大学とかそのあとのことはまだ考えてなかったけど……」

音斗の心のライトが照らすのは、相変わらず少し先の未来だけ。

「大丈夫だよ。それにもし僕がどうにもできなかったとしても、そのときは音斗くんが後を継げばいいよ。伯爵の事情は知らないけどさ〜。僕たちの村のことだけならば、僕の前にも誰かがいて、それで僕たちには禁忌が生まれたんだ。その禁忌を破った誰かもいただろうし、破られるような禁忌に意味なんてないんじゃって新しい道を模索する誰かもいて——科学の力で打開策を練る僕がいて——金の力でどうにかしようってしているフユがいて——腕力だけしかないけど手伝おうっていう気持ちが強いナツがいて——。僕たちが、村や、進化した吸血鬼を変えられなくても、そのときはまた後ろに続く誰かが受け継いでくれるんじゃない？」

ハルが珍しく真顔になった。

いや、珍しくはないのかもしれない。ハルは、研究に関わるときだけはいつだって真剣なのだった。

「あのね、僕は音斗くんに出会ってすごく嬉しかったんだ。僕たちの下の世代で、僕たちのなにかを継いで、僕たちが死んでもまだ歩いていってくれる子がいるって思った。僕は、自分より年下の子を見たことがなくて。音斗くんは僕の『希望の星』なんだ」

「え？」

ハルが音斗の手を握る。顔を覗き込んで言う。

「危ないことはしないで。自分の命は大事にして。それで——伯爵には」

ハルは音斗から視線をはずし、伯爵を見る。

「ありがとう。音斗くんを助けてくれて、恩に着る」

伯爵に頭を下げた。長く、頭を下げていた。

「だ〜け〜ど〜。僕の『希望の星』を伯爵なんかに渡すもんか。べーっだ!! そこは譲らないからね〜」

顔を上げたときはいつものハルに戻って、きゃらきゃらと笑い声をあげ、舌を出したのだけれど。


とりあえず休養をしろと牛のお母さんに言われた。通訳してくれたのはハルだ。たしかに音斗は疲れきっている。そそくさと帰ろうとする伯爵を引き止め、音斗は言う。

「伯爵もうちで寝ていけばいいのに。箱ならあるよ？」

「我は貴様らの仲間になったわけではないからな！　責任を果たしに出向いたまで。使い魔たちが我の留守中に堕落していないかを見にいかねばならぬし」

「使い魔って地域猫のことだよね。そっか早く撫《な》でたいもんね。猫たちも伯爵のこと心配してたみたいだよ！」

「べ、別に早く撫でたいわけでは……」

――ツンデレかあ。

「今度は伯爵が遊びに来てね。僕も伯爵に会いにいく。あのね、『マジックアワー』のパフェは本当に美味《おい》しいの。もし伯爵が牛乳で生きられる身体に変わっているのなら、一番に食べて欲しいのはうちのパフェだよ。クリスマスになったら限定パフェが出るみたいなんだ、それで」

玄関を出る伯爵の後ろを着いて道に出て見送る。

「そのパフェは冬の雪の下に春が埋まってるみたいな――幸せなパフェなんだ」

積もっていく雪を踏みしめる。すっかり白くなって、たぶんこのままホワイトクリスマスになりそうだ。


そうして、音斗は仮眠を取った。

もちろんコントラバスケースのなかじゃなく自分用の箱でだ。

とろとろまぶたを閉じる。午後から櫛引《くしびき》たちが来ることになっているから、それまでに寝ておかないと。

伯爵については、フユがものすごく怒ったり、苛《いじ》めるんじゃないかと不安な音斗だったが「大丈夫だよ」とハルは明るく笑って請《う》け負《お》った。

「音斗くんのこと助けてくれた相手なら仕方ないって思うよ。あと『お母さん』がひととおり話を聞いて、どうにかフユをいなしてくれる」

「ならいいけど。僕、『マジックアワー』で、こんぺいとうみたいに過ごしたくないな」

と音斗が言ったら、ハルは怪訝《けげん》な顔をした。

「僕のうちの昔の感じ。甘いんだけど、トゲトゲしてた。尖《とが》ってるのに、切っ先は丸い。そういうのがぐるぐるしてみんな意味なく苛立《いらだ》って怒ってた」

吹奏楽部の様子を思いだす。

「こんぺいとうは美味しいけど、いまはちょっと嫌い」

守田と二人で分け合って食べたお菓子だ。そのせいもあるのだろう。振られてしまったから。

胸がぎゅっと絞《しぼ》られる。甘くて痛くて尖ってて丸くて綺麗で切ない。

「そっか〜。こんぺいとうってひとつの大きな釜《かま》を熱して、小さなザラメを入れてゆっくり回転させてるうちに角ができるんだって〜。核になるザラメを入れるのが鍵です！　あの角がどうしてできるのかはいまひとつ解明が進んでいないのだ！

これ、豆知識ね！」

「う、うん。そうなんだ」

思いもよらぬ豆知識をハルに披露《ひろう》された。ハルはいつも斜め上だ。

そうして――音斗はずっと考えていた。

眠りながらも――考えていた。

核になるザラメを入れないと、こんぺいとうはできないんだ……と。

そうだ、と音斗は思う。

午後になってみんなが来たらコントラバスケースが見つかったと言って、ケースを渡す。なかのお守りもちゃんと入っていたのは確認している。

そして、もうひとつ提案をしよう。言えばきっと、みんなわかってくれる。

きっと……。

# 7

奇跡は、たまに起きる。

本当にたまに。

音斗《おと》を捜しにいきたいし、帰宅を起きて待ちたかったけれど、そうすると焦《こ》げて消滅してしまうから千両箱《せんりょうばこ》に閉じこもって寝るしかなくて――。

日を封じた箱のなかで眠れないでいるうちに、階下が賑《にぎ》やかになり、音斗の声がして、箱越しに「ただいま。心配かけてごめんね」と言われた。安堵《あんど》したあとで怒りの沸点《ふってん》に達し、でもそのあとでとにかく「良かった」と心を平らにしたフユである。

フユは夜になってすぐに起き上がった。箱が開いたと同時に、ナツもまた簞笥《たんす》から飛び出た。二人してそのまま、音斗が眠る箱に駆け寄って蓋《ふた》を開ける。

「ああ……」

ナツがへなへなとその場に崩れ落ちる。

「ちゃんと生きてるし、怪我《けが》もないみたい……だな」

くるんと丸くなって横になって眠っている。すやすやという寝息を聞いて、フユもまた脱力する。

音斗は、眠っている。ただひたすらに「眠る」ためだけに眠っている。

よくわからない、涙ぐみたくなるような、あたたかいもので心が満たされる。蜂蜜をたっぷり吸ったスポンジケーキみたいに、フユの心に安心と優しさが滲《にじ》みだす。

生きていてくれて良かったとか、無事で良かったとかというそれだけの気持ち。

「もうしばらく寝かせておこうか」

音斗の寝顔を見つめ言うと、

「うん」

ナツが、うなずいた。

しかし――フユの表情はずいぶんと険《けわ》しかったようだ。音斗を寝かせたまま階下に降りると、起きていたハルがフユの形相《ぎょうそう》に恐れをなして後ずさった。

「うわっ。フユ怖い。僕、悪いことはなにもしてないから～。ちゃんと薬も完成させたんだから。ひ～、助けて、お母さん」

ハルが牛のお母さんの後ろに隠れる。

「ハル！　俺はそこまで怒ってない。だが説明を聞きたい。っていうか……薬、できたのか？」

「できたよ」

たやすいことのようにハルが応じる。

「隠《かく》れ里《ざと》で昔に作られたという薬の改良版だから副作用もないよ。強《し》いて言うなら音斗くんの身体《からだ》がもうちょっと大きくなってからのほうがいいと思う。体重に応じて薬の分量が変わるから。もともとフユが僕に頼んでたのは、大人の人を人間にするっていう話だったよね？」

「……あ、ああ。そうだ」

「それでさ、聞いてよ～。伯爵《はくしゃく》が進化したんだ。人間に近づいたっていうか。僕らに近づいたっていうの？　副作用っていうかなんていうか」

「は？」

ハルが脱線しながら昨晩の経緯を教えてくれる。

聞き終えたナツは感動している。

「伯爵はいい吸血鬼だったんだな。自分の身を投げだして音斗くんを助けてくれようとしたのか……。音斗くんが助かったのは奇跡だ。良かった。神様はいるんだな」

言葉だけではなく涙も零《こぼ》した。

「え～。奇跡じゃないよ。科学だよ～。僕の仮説が実証されただけ。この天才ハルくんは世界の希望として地上に降り立ったイエス・ハル・キリストだ。誕生日を世界人類に祝われたい。祝ってくれていいと思うよ～」

「やかましい！」

フユにより拳骨《げんこつ》ぐりぐりの刑に処す。

「やめてよ～。もう。フユ、この薬ができたら、フユの事情を教えてくれるって言ってたよね。教えてよ。そもそもフユとナツが、どうして隠れ里を出て、人を探してるのか。どうして僕に『人間になる薬』を作ってって頼んだのか。フユもナツも別に人間になりたいわけじゃないでしょ？」

「それは――」

それは――また別の物語だ。

フユの親友で、ナツの兄である――アキという吸血鬼の物語。禁忌《きんき》を破って隠れ里を追われるようにして出ていったアキに、フユとナツは『未来の希望』を渡したいと願った。アキがずっと『人間になりたい』と思っていたことを幼なじみのフユは知っていたから。人間の少女とのあいだに小さな恋を育てていたことも。

フユはハルに話しはじめる。ハルはうるさく自分自慢の合いの手を入れながら「へ～」と聞いている。

「アキっていう人、そのまま逃げちゃったんだ～？　へ～。そのときにフユのお金、アキに渡したんだ。逃げるための軍資金で？　マジで？　フユって人にお金渡すことあるんだっ。えー、僕にもちょうだい？」

「そのときだけだ！　ハルになんて絶対にやらんっ」

黙って聞かないハルのせいで、しんみりした気持ちにはまったくなれないフユである。ずっと抱えていた悩みなのに、ハルときたら——なにもかも笑い話にしてくれる。

——でも、それがいいのかもしれない。

笑えるようになったなら、笑えばいいのだ。後生大事に「なにもできなかった」という傷として抱えないで。

「僕がそのときに側《そば》にいたら、もっと早く物事が終わったのにね～。そんなに時間がかかっちゃったなんて～。それをやり遂《と》げる僕すごい。僕天才」

「やかましいっ！」

拳骨でぐりぐりとハルのこめかみを挟《はさ》むフユの力加減は、いつもより少しだけ弱い。

と——。

音斗が階段を降りてくる。とたん、とたん、という頼りない歩き方で。ドアを開け、ばつが悪そうな顔をして入ってくる。

「おは……ようございます。心配かけてごめんなさい。それで」

ナツがつんのめるようになって音斗に駆け寄った。

「わっ。ナツさん。あの……」

「良かった。本当、帰ってきて良かった。心配した。とっても心配した。なにもできなくて、俺はなんにもできなくて……」

泣きだすナツの腕のなかで音斗がもがいている。

「おはよう〜。音斗くん。『人間になる薬』無事に完成したから。安心して。音斗くんが二十歳《はたち》になったらそれ使おう！」

ハルは例によってあっさりと爆弾発言をする。

「え……？」

音斗がびっくり顔で固まっていた。

＊

今回、音斗は特になにもしていない。

友だちや『マジックアワー』のみんな、さらに伯爵に救われながら、駆け回っただけだ。
だから音斗は櫛引《くしびき》たち――そして吹奏楽部のみんなに音斗の考えたことは伝えたけれど、そこから先は吹奏楽部のみんなの意思だ。

月曜日である。

放課後、吹奏楽部の面々は部室でコントラバスケースを中央に起き、顧問の先生を待っていた。

ドアを開けた途端、一斉に注がれる生徒たちの視線に、顧問教師の榊原《さかきばら》は一瞬だけ怯《ひる》んだ。

次にケースを見て目を見開いた。

「な……んで捨てたはずのものがここにあるの!?」

目をつり上げた榊原の前に、ホルンの先輩が一歩前に踏みだす。

「このケースは学校の備品じゃなく誰かの置いていった私物で、壊れているし、外側に傷がついていてちょっとみずぼらしいです。だけど、卒業した先輩や、前の先生の想いが籠《こ》もってる。そういうのは非科学的って先生は言うけど――」

「ええ。前の先生はそういうのに頼ってたのかもしれないけど、私はちゃんとした実力をつけてもらいたいの。ですから……」

「これ」

先輩女子が榊原の前にずんっと手を差しだした。

「先生の分のお守りです」

「え!?」

他のお守りとは少しだけ色が違う。でも手製で、楽器の代わりに指揮棒と楽譜が刺繍《ししゅう》されている。ちょっとガタガタなところが手作り感マシマシである。

「チューバとかホルンとか、楽器ごとにお守りが入ってて、先輩から順に渡されて、私たちはそれを持ってて……。でも先生のお守りってそういえばなかったですよね。私たち三年生で話しあって作りました。これが顧問の榊原先生の分です。非科学的であっても、持ってください。それで――私たちも先生と一緒にちゃんとがんばりたいです」

全員がまっすぐに榊原を見た。

「私たち、前の先生のことばっかり言って、榊原先生に反抗的に見えたかもしれない。前の先生、いい先生だったんです。私たちの部活のやり方、榊原先生からしたら、ぬるくて仕方なく見えたとしても……最初から頭ごなしに前のやり方を否定されたら、私たちだって腹が立ちます」

「そ……」

「だけど榊原先生が熱心なことも、言ってることが正しいこともわかってました。だって先生に言われたようにしたら、いい音が出るもの。ただ……正しいって思うから、よけいに前の先生と去年までの部活を否定されてるように聞こえて……それは先生も悪いと思う。ケース捨てたのとかもそうだし、先生も私たちの気持ち、わかってくれてもよかったと思う。そこは謝りません。でも……他の悪いところは謝ります。私、ホルン好きだし。吹奏楽部でがんばりたいし、だから」

先輩が少し悔《くや》しそうな顔になる。

榊原は先輩の手の上のお守りを見て、それから部員みんなの顔を見回した。

「そうね。……ありがとう。これ、いただくわ」

ツンと澄《す》ました言い方だったけれど、受け取る手つきはふわりと優しかった。

「私も言い過ぎたようで。ごめんなさい」

それまでキンと張りつめていた室内の空気がぶわっとゆるんだ。

「じゃあ、練習をはじめましょう。厳しいわよ、私は。ケースは――隣の音楽準備室にしまっていらっしゃい」

「はいっ」

榊原が言い、部員たちがぱたぱたと動きだした。

音斗たちは部外者だ。なのにこっそりと紛《まぎ》れていて、岩井《いわい》とタカシと二人で、部室の端っこにお邪魔してハラハラと見守っていた。

なので――部員の移動にあわせ、こっそりと部屋を抜け出る。

息を詰《つ》めて廊下に出て、少し歩いてからふうっと息を吐いた。

「ドミノすげーな。ドミノの言ったようにお守り作って、気持ちを話したら、あのおっかない先生が雪解けした」

岩井が音斗の背中をバシッと叩く。

「うん。フユさんとかハルさんとか見てると――丸め込むための話術とかなんとなくわかってくるみたい。誰にでも通用するわけじゃないけど。今回のは、先輩たちも内心でちゃんと榊原先生のこと認めてたし、そういう真心は通じるもんなんだと思う」

櫛引たちは、たぶんコントラバスケースを捜していたわけじゃないのだ。ケースに象徴される絆《きずな》を探していた。

必要だったのはみんなの気持ちがひとつになること。

集団でぐるぐると回っているうちにこんぺいとうになったトゲの先端を丸くして、甘くなること。

「ドミノすげーなー」

「本当っす。ひとりでケース見つけて夜のうちに持ち帰ってるし。男っす」

うんうんとうなずきあう岩井とタカシに、音斗は困って照れ笑いをしてみせた。

「たまたま……だよ。運が良かったんだ。あ、そうだ。伯爵も見つかったんだ」

「マジで？」

「何処《どこ》にいってたんすか？」

「温泉に入りにいってたんだって」

「マジで～？」

「なんかいいっすね～。温泉か～。渋いっす」

だらだらと話して、意味なく笑って、三人で廊下を歩いていく。階段を曲がって音斗たちの教室に行く手前――。

「あ」

守田《もりた》が、いた。

ちょうど教室を出てくるところだった。

音斗たちを見て一瞬だけ立ち止まって固まって――そのまままっすぐに向かって歩いてくる。

――え、え、え？　守田さんが近づいてくる。

「高萩《たかはぎ》くん。吹奏楽部の件、ケース見つけてくれたって聞いた。捜してくれて、ありがとうね」

「いや……。それって守田さんに、ありがとうって言われるようなことじゃないけど……えと……」

「そんなことない。これって、私が、ありがとうって言うべきことだよ。押しつけてそのままにしちゃったみたいで、悪かったなって思ってる。都合のいいところだけ利用してるみたいなのかなって、自己嫌悪した。これからはちゃんとするね。ごめん」

それだけ、ときっぱり言って、守田は眼鏡《めがね》を押し上げ音斗から離れた。

――やっぱり、いいなあ。

守田さんは僕のことをいくらでも都合よく使ってくれていいよと、音斗はそう思ってしまったのだ。だって好きだから。

ここできっぱりと謝罪とか、感謝とかをしていく守田だから好きになったのだ。好きだと言ったときと同じに、音斗の唇からまたもや勝手に言葉が零れる。

「守田さん。うちの店、クリスマスに限定パフェが出るんだ。イブの日とクリスマスの日と二日間だけなんだって。それで――食べに来てくれると嬉しい」

「え？」

「あのね、僕、いまは守田さんの友だちでいい。ていうか――それって、僕は守田さんの友だちになれたってことだもんね。知り合いじゃなく、ただのクラスメイトでもなく、友だちなんでしょ？」

「……うん」

「僕、中学に入るまで誰とも友だちじゃなかったんだ。なのにいまは岩井くんとタカシくんっていう大事な友だちがいて――守田さんにも『友だちでいましょう』って言ってもらえた。それって、僕は知らないあいだに守田さんの友だらになれてたってことなんだよね？」

ていのいい振られ言葉なのは知っているが。

それでも――友だちになれたのだから、とりあえずは良し！

「だからパフェ食べに来て。クリスマスイブに。お姉さんと一緒に！　食べた途端、笑顔になるくらい美味《おい》しいパフェだから」

にっこりと笑って言う。

守田が目を見張った。そして笑った。

「……うん」

「フユさんがすっごい力入れてるから！　お姉さんにも言ってね。お金落としに来てって」

「わかった。お金落としにいくね」

守田がそう言い、去っていった。

後に残されたのは男子生徒三人組だ。

「……そっか。なんだろう。ドミノちょっと怖い。ファイターだな。不屈《ふくつ》すぎ」

岩井が言った。

「怖い？　え？」

「そうっすね。どう言えばいいのか、慰《なぐさ》める方向がわからなくなったっす。突然のずっと友だちがいなかった宣言が胸を打ちました。廊下でいきなりそんな深刻なことを」

「え……あ、そっか。そう？　守田さんのこと引かせちゃったかな？」

タカシと岩井が顔を見合わせてくすっと笑う。

「でもなんか嬉しかったけど。俺ら、ドミノの大事な友だちなんだなーって思って。だから、ドミノがちょっと変なこと言っても気にしない。おまえがいい奴なことちゃんと知ってるし」

「斜め下な方向の発言してても、仕方ない、ドミノさんっすからって思うっす。友だちだから」

「えええー？　僕は常識とツッコミ担当のはずなのに斜め下だった？」

目を丸くした音斗に岩井が白い歯をニカッと見せた。タカシもククッと笑い声をあげる。

「ツッコミはいいとしてドミノが常識担当だったことなんて一度としてないよ。おまえ最初からずーっと変な奴だったじゃん」

「マジっす。ドミノさん、自分のことまったくわかってないっすねー」

「えええええええ!?」

仕方ないなあとタカシと岩井が笑い、音斗もそれにつられて「そっかー。そうかもね」と笑いだしたのだった。

# 終章

クリスマスイブだ。

大通《おおどおり》公園はホワイトイルミネーションで電飾され、街をあげて「おとぎの国」みたいになっている。

日が落ちて――『パフェバー　マジックアワー』の看板がＯＰＥＮにひっくり返された。

「イブだから」なのか「イブなのに」なのか、どちらを使うべきかは不明だが――次から次へと人が来て、限定パフェをオーダーしていく。

「イブなのにぼっちの人限定パフェお願いします」

常連客のスイーツ男子が、手伝いをしている音斗に笑って言った。

「……もしかして『クリスマス限定の春夏秋冬パフェ』のことですか？」

音斗《おと》が聞き返したら男性が「あれ」と首を傾《かし》げる。

「ツイッターでハルさんがそう言ってたよ」

――ハルさんのせいか……。

「それはハルさんの冗談です。正式名称は『クリスマス限定の春夏秋冬パフェ』ですよ。長い名前だけど……冬の下に、春と夏と秋の味が入ってるんです。すっごく美味《おい》しいですよ！」

「じゃあ、つまりそれひとつ」

「かしこまりました‼」

音斗はオーダーを厨房に通し、代わりにできあがったばかりのパフェを別のテーブルに運んだ。

試作に試作を重ねて完成されたパフェである。長めのグラスの上に蓋《ふた》をするように厚めのホイップクリーム。その下にあるのは、苺《いちご》にプラム、さらに葡萄《ぶどう》のシャーベットとソースだ。互いに邪魔をしないように幾層にも重ねられたアイスとシャーベットの縞模様《しまもよう》がとても綺麗だ。

てっぺんについているのは雪の結晶のホワイトチョコ。掘り進んで食べていくと、季節それぞれの味わいのアイスとソルベ。混ぜ合わせて食べても美味しいという絶妙なパフェである。

季節はずれに新鮮な果実を入手するのが大変だから、この二日間しか作らないとフユがきっぱり断言していた。

カラン。

カウベルが鳴ってドアを見る。

「は、伯爵《はくしゃく》!?」

マントの裾《すそ》を翻《ひるがえ》し、威風堂々《いふうどうどう》と伯爵が立っている。

「む」

しかしカウンターのなかにいるフユを見て、伯爵の顔が引《ひ》き攣《つ》った。そのまま毛を逆立てた猫みたいに警戒し、フユの目を避けるように遠回りをして一番遠いテーブルに座る。

フユは伯爵の様子に苦笑している。

——伯爵、猫っぽい。しかも尻尾《しっぽ》の膨《ふく》らんだ子猫が横っとびしてくみたいな動き方だ。

「伯爵。来てくれたんだ。嬉しい。どのパフェもおすすめだけど、いまなら限定パフェがいいと思うよ！」

「それを」

短く応じた。音斗がオーダーを告げるために下がったあとも、伯爵はメニューを広げ食い入るように熱心に眺《なが》めている。

またドアが開く。

「いらっしゃいませ」

今度は祖父だった。

――今日はなんなの!?　クリスマスイブだから？

驚く音斗に向かって祖父はのしのしと歩いてくる。

「おばあちゃんは？」

後ろを覗《のぞ》き込《こ》んだけれど、祖父はひとりきりのようだ。

「男同士の話をしに来たのでな。音斗は変な本を持っているそうじゃないか。読んだんだな？」

「え、あ。うん」

「あれはなかったことにしろ。特に、音斗の父さんや母さんには言うな。わかったな」

納得した。祖父は情報を聞きつけ、黒歴史を封じるために来たのだ。裏取り引きみたいなものか？

「わかった」

「男同士の約束だ」

「え？　うん」

音斗はぱちっと目を開き、こくんとうなずく。

――おじいちゃんが僕を認めた⁉　男同士って言った⁉

「強くなろうと決めたときに、男は、男になるんだ。育とうと決意したら、子どもは大人になる。まだまだひよっこだが、おまえの努力は認める」

重々しく告げる祖父の言葉がずしんと胸に響いた。

「うん‼」

「ところで、好きな子というのはどうなったんだ」

――そう来るかぁ～。

音斗は目を瞬《しばた》かせ、声を潜《ひそ》めた。

「振られちゃった。いまはそういうの早いんだって」

祖父も音斗に合わせて声を小さくした。

「なるほど。常識的な子だな。音斗はまだ中学一年生だしな」

「中学生だから早いとかそんなのは、人を好きになるのに関係ないことだよ。あの本を書いたおじいちゃんなら、わかるでしょ？」

祖父の小鼻が膨らんだ。適度に祖父の心を抉《えぐ》った気がする。抉りすぎると雷《かみなり》が落ちるから、このへんでよしておこうと思う。

「でも、よく考えたら、僕も『つきあう』って具体的にどういうのかわかんなかったんだよね。常識とかそういうのはどうでもいいけど、好きになった子を困らせたくないなって思ったから、いまは引くことにしたんだ。僕、好きな子にはずっと笑っててもらいたいんだ」

「そうか」

祖父が深くうなずく。

「まだまだこの先があるから、僕はもっと大きくなって、賢くなって、かっこよくなって——そのあとでまだ好きでいたらまた告白するかもしれない」

「そうか」

祖父がふっと口角を上げて笑った。

――あ。

祖父も笑うのだ。当たり前のことだけれど。

音斗の胸がぽっとあたたかくなる。勢いづいてしまう。

「おじいちゃん。今日のお薦《すす》めは『クリスマス限定の春夏秋冬パフェ』だよ！」

「よし。それをもらおう」

メニューを閉じて祖父はふんぞり返った。

「はい。かしこまりました」

頭を下げたらカウベルが鳴った。視線を向けると今度は守田《もりた》姉妹だ。

「わ」

声を上げたら、祖父が怪訝《けげん》そうに聞いてきた。

「なんだ？」

「なんでもない」

いま話をしていた相手が来たんだよとは言えず、音斗は祖父の問いかけをはぐらかす。音斗のこれは黒歴史じゃなく綺麗な歴史だが、それでも家族に「好きな女の子」を見られるのは恥ずかしい……。

「いらっしゃいませ」

音斗は守田たちのテーブルへと歩いていく。

「来てやったわよ〜。クリスマスイブはカップルのためだけのものじゃないのよね〜。ね、曜子《ようこ》??」

「お姉ちゃんのためのものでもないけどね」

「曜子は冷たいな〜」

いつものやり取りに音斗がくすりと笑う。

守田も、音斗の顔を見てチカッと笑った。星が光るみたいな笑い方だ。

「岩井《いわい》とタカシもあとで来るってさ。中学は明日が終業式だよね。明日だと、通信簿の結果によっては親に怒られて家を出られないかもしれないから、どうしても今日、限定パフェを食べに来なくちゃならないんだって決死の顔してたわ。岩井、本当に馬鹿だよね」

「馬鹿じゃないよ。岩井くんは頭いいよ！」

岩井とタカシは守田姉と普通に仲良くなっていたりする。守田姉は笑いながら店内を見回し――。

「げ……。ちょっと、なんでアイツがいんのよ？」

伯爵の姿を見つけ、音斗のサロンエプロンを引っ張って小声で言った。

「いろいろあったんだよ。いろいろ。伯爵は僕の友だちで、命の恩人なの。だからひどいことしないでね？」

「はあ～？」

「そのうち説明します。とりあえず今日は『クリスマス限定の春夏秋冬パフェ』ですね」

「その、とりあえずの使い方おかしくない？」

守田姉にちろっと舌を出し、音斗はカウンターに注文を通しに戻った。

カウンターに声をかけ――音斗はふっと振り返る。

もはや見慣れた『マジックアワー』の店内だ。

優しい光に彩《いろど》られ、みんながパフェを食べている。

窓の外は電飾されてチカチカと色とりどりに瞬《またた》き、客同士は笑ったり話したり

――。

――綺麗だなあ。

音斗はそう思った。

　音斗はもう知っている。

　そして世界は万華鏡に似ている。音斗が気づく前からずっと世界は綺麗だったのだ、と。

のだ。くるくると流れる模様に翻弄《ほんろう》され、目を見張り、音斗たちはこれからもきっと笑ったり泣いたりして育っていく。少し育てば、また違う景色を見ることになるのだろう。

そんなすべての瞬間を封じ込め、時は、前へ前へと進んでいく。

また、ドアが開いた。

「アキ……」

カウンターの奥にいたフユがつぶやく。

――『喫茶　さんかよう』にいた人だ。

整った顔立ちの男女二人連れは、まっすぐにカウンター席に進む。

「メリークリスマス。太郎坊《たろうぼう》と次郎坊《じろうぼう》から〝薬〟をもらったよ。ありがとう。フユは僕のサンタクロースだね」

フユは彼の手を握りしめ「ナツ！　転ばないように気をつけて、いますぐ店に来い！」とキッチンへ叫んだ。

ナツがぴょこりと顔を出し、口をあんぐりと開けて固まった。

「クリスマス限定のパフェをくれるかな？」

椅子に座った二人が言って、ナツはこくこくと大きくうなずいてキッチンに戻る途中で盛大に転んだ。

次は誰が来るのだろうか。

岩井とタカシだろうか――それとも――。

「いらっしゃいませ」

音斗の声が空気を震わせる。

ひっきりなしに訪れる客たちと共に『パフェバー　マジックアワー』の夜は賑《にぎ》やかに、幸福に、更けていった……。

※本書は2016年5月にポプラ文庫ピュアフルより刊行しました。

**佐々木禎子**（ささき・ていこ）

北海道札幌市出身。1992年雑誌「JUNE」掲載「野菜畑で会うならば」でデビュー。BLやファンタジー、あやかしものなどのジャンルで活躍中。著書に「あやかし恋奇譚」シリーズ（ビーズログ文庫）、「ホラー作家・宇佐美右京の他力本願な日々」シリーズ、『薔薇十字叢書　桟敷童の誕』（以上、富士見L文庫）、『着物探偵　八束千秋の名推理』（TO文庫）などがある。

表紙イラスト＝栄太
表紙デザイン＝矢野徳子（島津デザイン事務所）

teenに贈る文学 6

ばんぱいやのパフェ屋さんシリーズ⑤
**ばんぱいやのパフェ屋さん**
**雪解けのパフェ**

**佐々木禎子**

2017年4月　第1刷

発行者　長谷川 均
発行所　株式会社ポプラ社
〒160-8565　東京都新宿区大京町22-1
TEL 03-3357-2212（営業）
03-3357-2305（編集）
振替00140-3-149271
フォーマットデザイン　楢原直子
ホームページ　http://www.poplar.co.jp
印刷・製本　凸版印刷株式会社


N.D.C.913／255P／19cm
ISBN978-4-591-15383-3